当代诗人自选诗

命中

杨献平——著

蜀籁诗丛

朱丹枫　梁　平　主编

四川文艺出版社

图书在版编目（CIP）数据

命中 / 杨献平著. — 2版. — 成都：四川文艺出
版社，2019.4

ISBN 978-7-5411-5351-8

Ⅰ.①命… Ⅱ.①杨… Ⅲ.①诗集—中国—当代
Ⅳ.①I227

中国版本图书馆CIP数据核字（2019）第047063号

MINGZHONG

命　中

杨献平　著

责任编辑	周　轶	
封面设计	鸿儒文轩·书心瞬意	
内文设计	张　妮	
责任校对	汪　平	

出版发行　四川文艺出版社（成都市槐树街2号）

网　　址　www.scwys.com

电　　话　028-86259285（发行部）　028-86259303（编辑部）

传　　真　028-86259306

邮购地址　成都市槐树街2号四川文艺出版社邮购部　610031

印　　刷　三河市华东印刷有限公司

成品尺寸	142mm×210mm	开　本	32开
印　张	10.25	字　数	210千
版　次	2019年4月第二版	印　次	2021年4月第三次印刷

书　　号　ISBN 978-7-5411-5351-8

定　　价　48.00元

| 总 序 |

三个男人的诗生活

/梁平

2015年的"蜀籁诗丛"集结了四川诗歌的三个男人，干海兵、杨献平和曾蒙。三个男人三种风格，对于读者都是不陌生的。干海兵的名字较之另外二位，应该在诗坛更为人所熟悉，他早年在《华西都市报》谋职，因为诗歌调到了《星星》诗刊做编辑，读诗编诗写诗，与读者、作者的往来近20年了，读编是职业，写作是副业，尽管写作并不见高产，却颗粒饱满。海兵的诗，小巧、精致、严谨，能时常在他的小诗歌里看见大的格局与惊喜。杨献平因为文学成就，从巴丹吉林沙漠某空军基地调到成都军区专业从事文学创作，也在《西南军事文学》干编辑的活儿。他的散文与诗歌难分伯仲，是一位优秀的军旅作家、诗人。尤其他的诗，放在其他军旅作家之中，具有极强的辨析度，那是一种异质，更为纯粹和肆意。曾蒙虽然一直蜗居在偏远的攀枝花，但精神与灵魂潇洒行走江湖从来就没有消停过，由他主持的《中国南方艺术》网站对当代诗歌的把握与呈现，使他的视野没有禁锢与栅栏，他的诗既有先锋的诡异，同时保持了他肉身的质感与温度。关于他们的诗，已经摆放在人们面前，我想说的是，值得一读。

干海兵比我更早进入《星星》，这是一个很温馨的诗歌家庭。《星星》从1957年创刊以来，历届前辈为晚辈做出了榜样，每一个人都为能够成为这个家庭的成员而引以为骄傲。我到编辑部是在21世纪初，海兵已经是一位优秀的编辑了。十几年的朝夕相处，就成了兄弟，成了家人。海兵的智慧藏在他貌似憨厚的长相里，他对诗歌的敏感以及准确的判断，使其编辑选稿的数量与质量名列前茅。他爱惜作者与读者给他寄来的每一份稿件、每一本样书，即使选读过了也不愿意丢弃，以至于在他的办公桌四周，书稿堆积如山，凌乱不堪。他坐在办公桌前，外面进来的人只能看见他有点过早谢顶的脑袋。关于这个"毛病"，我曾多次提醒他收拾、整理一下，每次都是满口答应，然而屡教不改。前不久，重庆诗人李元胜来编辑部小坐，看到如此景象大为惊讶，立马拿出手机立此存照，并且发了微信，朋友圈回应汹涌。由于元胜也如家人，照片题句使用了春秋笔法引诱，称自己被《星星》编辑们的劳动所感动，泪流满面。于是微信朋友圈感动一片，唏嘘一片。其中《华西都市报》一位资深女编辑看到图片，毫不留情地指认这一定是干海兵的办公桌，因为十几年前在报社同居一室，海兵的办公桌就是这样了。我看到这条信息，已经笑得前仰后翻了。这就是海兵，坚持他的坚持，如同他对诗歌的深爱必将终其一生。

我似乎从来没有见过杨献平穿军装的时候。每次见面穿的都是便装，而且是随便得有点过分，没有个正形。只有坐在会议室，或者一群诗人谈诗的场合，才能够看见他正襟危坐，字字珠玑。尽管他那河北城乡结合部的发音，与标准普通话相去甚远，但是他对诗歌的较真还是能听得真真切切。因为都在成都，我们聚在一起的时候还多，每一次都能尽兴散伙，而每一次，最依依不舍的就是杨献平。他总是把在场的人一一送走之后，才叫一辆出租车最后消失在夜色里。对于这样的场景，他有一种非常得意的调侃：我是军人，保护老百姓是我的职责。有一次，我们一起参加外省的一个诗歌活动，几个很好的朋友开他的玩笑，说他怎么看也不像一个军人。对此他一点都不以为然，还继续追问，那我像什么呢？于是玩笑继续，有人说像保安，有人说民团，有人说他是军官，怎么也应该是个团练……不管大家怎么说，他总是笑呵呵的，最后还补一句：这么说我怎么也是部队上的。和杨献平在一起就有快乐，他看似不苟言笑，身上却充满了快乐因子，他说过他愿意把快乐带给朋友。在我看来，一个可以给朋友带来快乐的人，值得交往。

　　曾蒙身在攀西大峡谷，不太和当地的文化人打堆，他的诗歌在攀枝花是个异数，一直先锋在前沿。我和他的交往并不多，倒是他很多铁哥们和我是铁哥们，所以关于他的"流言蜚语"，我总是能够拿到第一手资料。他有单纯可爱之处，但终究是一个不捣蛋就不能正常生活的人。在一次四川的诗歌活动中，一堆好久不见的朋友聚齐了，就拉开膀子海吃海喝，结果他和巴蜀的几个"主人"与一个大家都敬重的外地"嘉宾"发生了摩擦，那动静撕破了厚重的夜幕。那次我是相当的生气，把他们叫来的时候他们还有点神志不清，似乎也忘了和谁发生了争执。他似乎还一脸委屈，说是在捍卫诗歌。——那模样弄得我哭笑不得。第二天他清醒了来对我说，放心吧，这次真的戒酒了，喝酒误事，喝酒得罪朋友。这大概是十年前的往事了，很久没有联系了，只是经常从朋友信息里看见他诗歌的踪迹，很是欣慰。殊不知就在不久前，一个深夜电话把我闹醒，在成都的一个朋友告诉我，热爱人民的警察叔叔把又喝醉了的曾蒙带去派出所醒酒了。这个酒啊，似乎很多诗人都喝酒，喝到他那个份上也算是人才，还没有伤及他的大脑，还可以写出好诗，我也是醉了。

　　这一套丛书就要付梓了，对于三个诗人诗的好坏读者

自己去拿捏，我在这之前给这三个人各画一幅漫画，算是
他们诗集的生活插图吧。

2015年9月13日于成都

目录

卷一

卷二

卷三

与杨献平对话："千万不要把写诗当个事儿"

卷
一

收　集

秋风收集够了

收集苍凉，收集午夜痛哭

琴台上的蜡烛

寒鸦羽毛中的温度

秋风于我是我偷窥你的尘土之心

是人类的苍白面额

是一瞬间的脸色涨红，心如兔奔

短　歌

要告诉那个骑马的人
山上有雪，河边有马
单身的人都是苦孩子

要告诉那个跳胡腾舞的女子
西域不远，爱情惨淡
醉酒的诗人是她远房的哥哥

要告诉我想的人
戈壁幽深，怀抱炭火
烧黑的不只身体，还有月色

要告诉卧倒的山羊
祁连太长，梦境太短
提刀的杀手在风中夭折

要告诉自己

你要爱着，笑着

要用大雪把宿命捂热

河　西

焉支的青草在牛羊嘴巴
骏马的蹄下怎么会有死难的匈奴
老掉的长城，在戈壁之中
它的疼痛贯穿我们的心病

甘州的大佛寺有人敲钟
翻身的喇嘛，旧了的马厩垂满缰绳
我最爱的诗人跟随波斯妓女
月漫黄沙，武威的经卷在风中悬挂

那么多的城堞
箭石飞渡，一只大雁落下的玉门关
披衣出帐的将军
我没留意他的钱财和盔甲

我要找到最先牧羊的那个人
从他手里撤下长鞭

从大风安西的乌鸦那里

找到大雪、刀刃、失散的马兰花

找到破了的丝绸

挑灯的单于。胭脂花绝根了

蜥蜴爬行的黑夜，我跌倒，爬起

在河西，我只在意柳枝、三弦和羊皮

一路西行

一路西行的人头戴忧郁
内心有风，黑色的戈壁在进入
接着是连绵雪山
我可以说出它的名字
可以在夜晚，就着一碟咸菜
风中的雪粒和沙子敲呀敲的

这多像我的以前。那个女人在黎明送我过河
她暮色的容颜，白色的衬衣被东风洗亮
而今，我一个人，一路西行
太多的人就在身边。多么寂寥呀
我第一次发现沙漠不是黄色的
白色的沙子，它们汹涌，比天空更远

比灵魂更深的，一定比石头尖锐
一路西行，从此的一生
列车向来喜欢晚点，对此我缄口不言

下面的或者平行的村庄

城市的灯火星空一样寥落、疏远

老了的长城，行人的脚迹和车辙

我的祖先一定走过

骑马的军士，卷刃的刀子被月光拉弯

他们在大雪中睡眠、流血

在一枚柳叶上找见故乡和春天

而我孤身一人

一路向西，高原越来越高

黑色的石砾，破损的灰色城堞之上

无人射箭，奔马啃动细草

人民专事劳作，那个经常与我相望的人

一定也不快乐，坚持多年之前的自卑、疼痛和羞涩

和小木一起一起走走

不用提防，前面就是前面
有时我觉得沮丧
郁闷，东边草地上的枯树
叶子都没有了
自己还在。正在解冻的湖水
今年的泡沫，不知道是不是去年鱼儿泛起的

我总是很懒，在春天
在傍晚，和小木一起散步
说话，走着走着，日光下落
最后遇见的那位女子
对面经过，怎么就不羞涩一下呢

风从侧面吹过来，花粉
比灰尘还重。一辆奔驰汽车放慢速度
一群孩子，在草地上
蝴蝶一样叫喊

奔跑，站起又跌倒

返回路上，我忽然想起
因病住院的同事
爱人在远处。我和几个人去看他
四十多岁的男人
孩子一样哭。有一次和他
一起，走到这里
想起你，小木，我一只手压在另一只手上

行路的人

这一生你必将经过南镇
看见受伤的燕子
摔碎的瓦罐。东边的杨树牵着红马
西边麦地，杂草和蛐蛐
十个女孩开成好花

你在异地逗留，喉咙含血
在油灯下面咳嗽
五指张开，黑夜更黑
面带微尘的人
望灯止步，见水忘渴

你一生都在到达
路途很长
你很短。南镇的柳枝斜挂
羊只在河边
放牧的人，从山腰背回青草

黄昏切割，清晨喂马

这一天的南镇必定热闹
骤雨初歇。人群分开阳光
你即将到达
你在南镇的外面
倒掉砂土，突然觉得自己像一根水草
在南镇的春天，醉死梦生
流连不前。大雪总有落在额头的时候
一生行走的人：都应当在此刻低眉垂手
站在自己的家门前
手握夕阳，泪流满面

路过春天

你路过的春天
命名为一坛酒
你爱着的一个女人
害怕做爱。一个春天可以是一百个春天
而一个女人是不可重复的
为此，你要牢牢攥住蝎子的尾针
把自己的心疼抱紧
春天的路上到处有人
时间的草坪上，众多象征情欲的蝴蝶
让风看到命运

一个人时常在月色中看到自己的贫困
看见露水中的火山与地震
又一个春天之后
心疼的人，你要数尽巴丹吉林沙漠无穷的沙砾
想着一个女人，在久远的往事里面
刮骨疗伤，独自沉醉

桃　花

你就是那个手提春风
最先进入，在梦中把我叫醒的美丽女子
——在冬天的末尾，东风多少有些浅薄
他来到的动作，包含了粗暴
我在这里看到
在清晨，你和你们
成群的姐妹，柔软的身子仿佛我前世的情人
我在你们下面，被春天打倒
其实我是温暖的，我不说出
就像你们，在世事当中
习惯缄默不言，习惯开放
张贴在虚空的容颜
比天空微小，比内心要大

燕赵歌

你在深夜打灯
照见大风。醉酒的张三
一次一次敲门，没人吭声
东家的房顶
风吹草动，爱美的闺女
在黎明，遇见狼群
送走小生

太行的村庄，燕山大雪
麦地一马平川
似乎没人记得
易水击筑。胡服骑射
绝尘而去的不是响马就是刺客
刀枪，烟尘，小米和高粱
青石缝隙中间的枣树
花儿下落：皇帝。朝代。农耕。狩猎
似乎没有瓜葛

最亲爱的人，习惯正午劳作

冬天安闲。没人的时候

也没人唱歌。口水四溢的唢呐

吹动大雪

很多落叶的过客

对自己沉默

有一年牛羊绝后

蛇兔奔走，大片栗子树下

深埋的青石上面，有人点火

有人看着，一句话不说

模样似乎碎了的废铁

而我总是记得：燕山藏刀

赵国含血。很多的人们拿捏姿势，自镀颜色

最亲爱的人

深夜赶路的人

你最亲爱的

抱着石头取暖

大风和雪，他看着星空

自己对自己发笑

上帝，这就是你的颜色

因此，我们不要计较太多
大风吹过。黑夜更深
没人的路上
灯光多么奢侈。破庙不见香火
寒鸦和蛇，命定如此
枯草是最可靠的

你肯定哭着
很少睡眠，望着窗外月光
想起她伸来的手掌
大雪一样，似玉
但仍旧寒冷，在距离之中
沿途的水。一个人
怎么生火做饭

你最亲爱的，他在黎明回来
把你敲响
但仍旧看不清的脸颊

那么多的灰尘，钱币上有血
没人的黎明，碎了的树枝

刀子一样滑过

这时候，你要听见咳嗽

打开房门，用身体和烈酒把他放倒

青海的祁连

五月的油菜地在民乐这边发芽
扁都口的草还是去年的
黑和黄。高高山顶上的积雪
看起来像梦，或者比梦更干净

班车在祁连高处
纸片一样。倒淌的河流
红土的命运就是浑浊
去年的冰雪，仍旧没有解脱
那么多好看的牦牛，山坡那么高
怎么就不会摔下来呢

不著名的俄博镇袒露着
金黄的草原，四周的山峦太连绵了
让我忘了自己的过去
再下来的青海云杉，那个高啊
独特的绿，比这世上任何人都要挺拔

下午的青海祁连县城
一直有风，尘土从东到西
带来一个姓张的女孩
她说到祁连县特有的龙麟大白杨
丹霞地貌，牛心山、石林，以及撒拉、回、藏等民族
她站在河边
树旁，微笑着与我合影

滔滔不绝的八宝河流掉的都是时间
还有祁连高处的神灵、泥土和牲畜们
这个五月，我在青海的祁连
东游西逛，左看右看，在海拔4000米的高度
头疼，大声呼喊
心怀忧伤但却安静得什么也不想说

高　处

在祁连高处，做一头牦牛是幸福的
一只羔羊太脆弱了
雪豹或者羚羊，会不会惊醒匈奴的刀子
白色的山脉凝固不化
最好的花朵不是植物
远山的雪线
使河流更加混浊

最好的雪要落在山顶
最好的人，应当就是我了
高处的阳光
和月光，云杉覆盖的山坡
看不见牛羊，那些风带着草木气息
从高处掠向低处
从时间到时间，从冷到冷

云雾使帐篷变轻

使人不见踪影，所有的山峦都像乳房

我想在石头上写诗

我能站得更高

心像天空，但终是易朽的

短暂的，就像一束花朵

就像一场爱情，自己让自己痛不欲生

俄　博

牦牛是风中的孩子
它们不会唱歌，四面的黄草围绕
俄博，凉风穿胸的四方城中
古代的守军
不见诗人，高处的积雪让我干渴

卤肉的味道让我饥饿
打电话的红衣喇嘛
稀疏的车声从他耳膜穿过
远处的河流就像爱情
与我同行的人，看见我的脸色
是不是岩石一样不快乐

其实牦牛就是孩子
祁连的孩子，俄博镇外是空廓的
群山之中似乎有神灵
在原始森林，吹响遥远的骨骼

如果我身处其中
如果有一个人，能够一起倾听着
我想我会就此停止

就此开始，就像牦牛的孩子
披一身洁白的鬃毛
对着青草低吼，祁连最好的居住者
当我站在比俄博更高的高处
乌云遮蔽的天空
偶尔一道阳光，仿佛要把整个世界的心脏照亮

远处的河流

几乎听不到水声
五月的祁连，依旧是冰雪的
去年的。黄草覆盖山冈
旧得新鲜的云杉，挺拔得默不作声

近处是今年的羊羔和牦牛
站在母亲一边，朝人类张望
看到行色匆匆的我
和我们，对面天空上灰暗的云朵

使草甸上的河流更白
像一把刀子，切开的是我言不由衷的内心
像上帝的羽箭，一闪而过的人
什么都不能够看见

五月的高山：无花只有寒
我从来没有见到过

这么高的河流，从高处到低处
是不是一种逃跑和溃散
我只是想坐在旁边
口衔枯草，抬头望天
不需要任何一个同类在场
陪伴。我只是我
骨头叮当有声，肉体越来越轻

一　瞬

一根黄草使我看到自己的宿命
人和牲畜并无区别
一瞬的岩石上结满返青的苔藓
黑色的，竟然和内心那一部分相同

远处的雪山正在行雨
雨线也是黑色的，我还没有端详完毕
头颅就被敲击
我还没有找到躲避的山崖
大雨已经过去

这一瞬让我觉得了不安
和幸福。在海拔4200米的高处
我大声呼喊，头疼
而风无动于衷
还有更高处的牦牛

一切都对我不予理睬
多余得像是没有
一个骑马的藏民不知道从哪里来
还有一辆汽车，好像在天空中跑着

这是最好的了
一瞬一个人，一瞬一个世界
在祁连，尽管我站得很高
但仍旧看不到更远
仅仅是一个瞬间，又一个瞬间

同行的人

与我同行的人
都是美丽的，与我站在高处
低头或者眺望
同一个地点，这就是祁连

到处都有牦牛的粪便
残骸和蹄窝。到处都是辽阔
我的喊声是虚弱的
只有自己听见，只有还在冬眠的昆虫

在依旧封冻的地下
说出全人类的悲悯和遗憾
与我同行的人，他们比我或许走得更远

那些天我特别喜欢出声
沉默和不安。同时又是幸福的
在青海的祁连

每个人都很温暖

都很新鲜，在祁连县城
一阵风吹歪灵魂
又一阵风，带来尘土一样的尘土
俄博镇是一个典型的凹地
四方城的四周，稀疏的民居
风吹枯草，在春天的局部
一些牛粪火，像是安静的忧愁

草　场

在焉支我并非孤身一人：梁积林、王兴荣以及
我爱人。我们走
更多的青草，不开花的马莲
帐篷几乎不动。牧人坐在羊群中间
抽烟，看天，身子陷在石头里面

更远的山峦，黑色的，焦黄的，最高那座的背阴
一点的白，好像是雪，又好像不是
风从背后吹来，骨头发凉
肉体吹透。弯曲的山岭上面，牦牛黑白相间
红色的马匹。山坳和沟底的房屋
没有人从里面出来

从这面草坡到另一面草坡，中间的浅沟
溪水，黑土被带走，留下的砂子
看见草根。我们稍作逗留

累了，我们各自低了脑袋，坐下来
草坡上的湿土，没有缝隙
蚂蚁、花色的甲虫，自以为跑得飞快
牧人和采蘑菇的妇女
从远山回来。我们中间：有人发出声音
有人采下蘑菇
有人想租一顶帐篷，赖着不走

马场路上

看到青山。我放开一个人的喋喋不休
紧闭嘴唇，不让一句话被风透露
路边的大麦、油菜，黄土的房屋跟前
木车停靠，孩子们自己奔跑
妇女头顶花巾，跟在男人后面
从麦芒看到车辆，以及我们生疏的脸

之后是青草。草尖向左或者向右
避开正午的阳光。草场越来越深了
马驹撒欢，牦牛吃草。有人骑着摩托
大片的油菜花还没有收割
稀疏的金色花朵，看起来众多

就像焉支的草场，太多坡面上
青草连绵，但相当稀薄
牛羊没有留下蹄窝

草尖上也没有蝴蝶。黄色的花朵
我叫不出名字。风中有一些似是而非的声音
迎面看见石头一样的卡车
溅起尘土。远远看见房屋，红砖的建筑
店铺，脸庞黑红的人，进进出出

后来我们转到了小镇后面
下车。老了的妇女
手牵小小的孙子，站在斜斜的坡面上
睁着眼睛看了一会儿，向我们要饮料喝

焉支焉支

从草场回来，谈论匈奴，然后喝酒
午夜，我和爱人睡在梁积林的书房
到处都是诗歌，微机黑着
后来我梦见草场，有人在草根下轻轻说出
焉支焉支。小小的匈奴
佩戴焉支的匈奴，风中的闪失
没有人的深夜，羊皮，帐篷和羊脂灯
单于那挂马鞭，长过了黎明

似乎是一些赤身的孩童，在马背上
在草尖上，弯弓射箭。他们的叫声在骨头里面
然后看见刀锋，饮马的河边
纵容的匈奴，携带箭镞、女人、烈酒和胭脂
在突然的风中，沿着雪花的方向
战争。饮酒。做爱。衰老。不知所终

我从梦中醒来，听见远山

匈奴歌谣：焉支……焉支……焉支……焉支
来到山丹县城，在窗玻璃上面
把我打疼。我一直坐着
想起匈奴在焉支山上
青草下面。我刚刚从那里回来
他们一定有什么心事
需要对我说……这时候还不到天亮
外面很静，有一些凉
光着的身子上面，昨天的草香
一时之间，我并不想很快就穿上昨天的衣裳

岁 月

风以及命运，玻璃一样简单
你不可能看见
它们在你身体上的细微动作
包括心灵，一点点被尘沙洗劫容颜

太阳总很孤独
乌云那里，珍藏着风暴与玫瑰的梦幻
不易觉察的时光脸上
血液渗出。如果一棵树的年轮
与一个人的牙齿仿佛
根部逐渐腐烂
那么，生命的倒塌只在瞬间

而我却不能随意抬头
特别是在母亲和女孩面前
我感到悲伤，像蛇一样冰凉和柔软
盘剥了我原本贫乏的尊严

还有什么？试图的打捞

被一枚黄叶遮掩

岁月，没有比刀刃更为坚决的东西

也没有能拒绝这温柔的裁断

只是我最后的面容

不喜欢让脚下任意一粒石子看见

踏过青草

温暖是暂时的。春天并没有你想象的
那般。所以我格外珍惜青草
然后由爱而恨
踏上它们青葱的身体
在行走过程中被地下的露水拖累

我知道这完全不可逃避
青草遍布，我在踏过青草之后
有一点点遗憾
一点点疲倦
还有一点点虐待的快感

这种心理多少人都有过
青草不言不语，青草知道什么
而这个春天
我注定要在都市稀有的草地上
走上许多天

并且在这一天的早晨

写下这首诗。我没有什么特别的感觉

唯一所获，仅仅是一根一根的青草

在折腰之后发出的叫喊

它们在说：生命是大家的

又是脆弱的

当眼睛回归心灵

看见愤怒的花朵

那么，肯定有七只蝴蝶

在谱写哀歌

安 安

夜太深了。安安，有一种光
在我们心上。初秋的空气中多了人类的惆怅
可以看见的星空
高处的冷。你一个人在陌生地方
抱着自己的心脏
夜色幽凉，你在说我热爱撒谎

安安，谁也不可以在这个夜里自由怀想
世间有时真的仿佛天堂
一万个夜晚也很短暂。你可以听到
看见，但哭泣是没有用的
你也是我的孩子，傻孩子。我爱着的人
你听着，我还没说完，天就亮了

你说水怀抱的不是水
想起的都是过往。有一天我去外地
在高高的山上，松林和花朵

灌木丛中，我对着幽深一次次喊出你的名字
安安，我一直很疼
现在也是，记得有一个傍晚
夕阳了，我在烈士陵园看到纸扎的花圈

安安，秋天的清晨是冷的
像心一样，很多人穿上了厚厚的衣衫
好多人活着，不像我
不像我们。安安，我又摸到了秋叶的尘土
安安，我看见的树冠是心形的
有一些鸟儿，它们指爪锋利
抓呀抓的。安安，有一个梦是这样的
我把头放在你的膝上：大地金黄，蜗牛冰凉

在酒泉

酒泉的黑夜不黑，祁连山的雪太多了
我在它的古城墙下遇见李白
还有汉武帝的兵马。向北的巴丹吉林沙漠
向西的玉门关。春风的小手指
应当就是燕子的翅膀。有几次我学古人喝酒
醉倒了明月边。夜晚的凉
仿佛水浸的石头。有时候我站在戈壁上写诗
看见飞鹰，从酒泉城的高处
捉住我的灵魂。对于一个外乡人
酒泉，能打开的都打开了
不能的还紧紧捂着。这里的诗人林染、孙江和倪长录
妥清德、夸父……我说我喜欢
在这里生活了十多年。就像汉朝的戍边士卒
时常用一些石子，为梦想建造洞房
与时间对抗。开口就流泪、思乡，拍着铁打的窗棂
做猛士状，心怀天下，放眼江山
其实我只是一个外省人，在中国的酒泉

模样不算好看，生活简单，时常的烈酒和沙子
铁笔和内心……要不我就只是一个过客
精神披沐流沙，肉体站成雕像

嘉峪关

皇帝总是怕自己的江山丢了

在嘉峪关城堞上，我弯弓射箭

命中的草人，像是我前世的兄长

西来的大风吹断骨头

旗帜早已不在。赵朴初书写的"天下第一关"

被城下的关帝庙香火缠绕

正午阳光照得稀少的榆树叶子发卷

我坐下来喘息。那么多游人

仰头看见高大的城堞

我感到头晕。向西的戈壁上，卵石横陈

西去的骑手和使者：苏武、张骞、岑参、林则徐或者左
　　宗棠

卵石横陈，长风浩荡，马蹄在黄沙中深陷

射雕的英雄，写诗的歌者

旌旗上写着王朝，百姓的流苏和店幡

都已成碎片。正好有一列火车

从中穿过。南边的祁连峡谷

北边的嘉峪关市。在庞大的自然和人为之间
我像一粒沙子，被风卷起，又重重摔下去

焉支山

我想到匈奴，溃散的羽毛

黑色的闪电和王。在山丹我总是心头沉重

有一把弯刀，把明月照亮

一杯酒，横穿中国十三个王朝

这么古老的山丹，胭脂花开

焉支山上，蹄声铿锵。王昭君的呼韩邪

霍去病的疆场。那么多的军马

脸蛋的尕妹妹，提着一篮子的积雪和惆怅

这一天我在焉支山青草上行走

遭遇牦牛和羚羊；雪豹就像古代的骑士

采马莲花的，打铁的，唱歌的

放牧的人，在俄博岭上，油菜花一样嘹亮

有一个人

她一直看着我，用刀子抚摸我
有一天我喝醉了酒
梦见狗尾巴草，蝴蝶，跑江湖的麻雀
蜜蜂，昆虫，受宠的花朵
它们都抚摸我，翅膀和花粉
哦，我并没有觉得快乐
我总是在想她，想那把刀子

下 午

下午我经过一片杨树林

叶子老了，还青着，茅草就像另外一些我

我们是草民，在秋天劳作

我要挽留的太多，要忘记的却没几个

月季花都败了，向日葵

变成了黑色。手提铁锨的老人

一边走一边咳嗽

我知道他像我一样

秋天的人，也算草民一个

坐在一棵杨树下，我说：没有人

像上帝或刀子那样真的爱过

话音没落，掉了一堆黄叶

傍晚戈壁所见

我看到一只小麻雀
向着落日飞。那么弱小的一只麻雀
它为什么，要向着落日飞
又为什么被我看到，我觉得了心碎
还有悲壮和美。飞驰的车轮不断扬起灰尘
我一直在想：在人间的小麻雀
它一定在逃离
身后的大地渐渐凉了
它在用翅膀，一点点打扫渐渐隆重的黑

从民和到西宁

在民和县城路边
遇到一个叫人心疼的回族姑娘
我好想问问她的名字。在灰尘中再看她
清水的眼睛。可我必须从民和乘车到西宁
沿途的枯草、月牙儿和山峰

我觉得了向上的宿命
大风把大地吹净，人从低处上升
一条河好像来自唐古拉山
混浊的水，怎么看怎么安静
越是接近昌耀的西宁，我的心就越来越疼

向 上

越是向上，身体越轻
从民和到西宁。我和许多人被一堆钢铁引领
耳边的风声是上帝的
秋天的杨树叶子黄得透明

更多的雪来自西藏
在我抵达的高处，有着孩子一样的神情
途经老鸦峡的时候，我看到的飞鸟、岩石和草滩
格外寂静。似乎一个神灵
把整个青海北部抱在怀中

洁白的羊群在枯草上移动
我想它们才是这世上最有福的
从一开始，就具备了疼痛
后来我不知觉地睡着了，做了一个奇怪的梦
一个男人被一只黑鹰追击；一颗心
被积雪洗刷干净

途经青海乐都

一个妇女把她未成年的孩子和牦牛
放在了山顶。更多的人在枯草中捡到宿命
这是青海的乐都县城
稀少的车辆，人类的建筑随处摆放
日光安静。我们穿城而过，惊扰的只是灰尘
向西宁的路上，途经的乐都
天空下一块水洗的石头，灌满天堂的风声

在西宁

我不敢大声说话
昌耀的城。从长途汽车站到五四西路
尘土在阳光中明净
我总是心疼：一个人和他的命
诗歌所能拯救的，竟然如此残酷和隆重
中午与马海轶一起吃羊肉
喝啤酒，想起也在这里的风马先生
谈论梦想与疼痛。公元二〇〇六年十月十三日
一个名叫杨献平的人，平生第一次在西宁的3个小时
我向同伴背诵了三遍："静极——谁的叹嘘？
密西西比河此刻风雨，在那边攀缘而走。
地球这壁，一人无语独坐。"

塔尔寺

要把肉体镀上一层金子
把灵魂挂在幡顶。这个下午我和落日一起
与好多红衣喇嘛擦肩而过

塔尔寺四边山上，叶子黄了，哈达垒起城墙
那么多的神灵。我总是在想
我不是一个虔诚的人
来了还会走。斜斜的路上
站着两位藏族阿妈，怎么看都像我母亲

从这里到那里，我一次次转动陈旧的经筒
要把自己打扫干净。佛龛和菩提
我就是众生。一个下午我都在塔尔寺穿行
看到酥油和长明灯，月季花还在开放
回程路上，十月的青海大面积枯黄

青海的草

它们是向下的，向上的那部分
找到了天空的疼痛。在西宁市东郊
隆起的山坡像乳房更像宿命
我看到更多的坟墓，死者被种在山上
四周的草，墓碑是不是比骨头更为坚硬

青海的草，没有一丝灰尘
灵魂被雪洗净。来往的风中携带经幡和村庄
沉浸在河里的卵石
浮动的草根，更多的羊只和灰雀
骑马的藏族女子，手里拿着鞭子和青稞

我在这里坐下，在逐渐枯败的草中
找到青海的心脏，就像无数沉埋的玛瑙
大批的草，被大地抬高
在风中久了，每一棵都像小刀

凉州词

那一年的大雪是向上的
岑参的长须向下
身披红袍的乌鸦
似乎一些静坐的喇嘛

海藏寺的铜奔马
十万个匈奴
面孔扭曲。那些奔跑的人
刀子的风中
月氏、乌孙和吐谷浑的皮靴
走在戈壁的人，必定嗓音嘶哑

前心悬挂葡萄
后心发凉。有人口吹胡笳
徒步向晚的过客
大云寺内
僧侣们高声诵经，但不开口说话

有人在凉州失踪
在天梯山上看见祭祀的羊群
牦牛大都是深色的
眉毛挂冰，嘴唇渗血

凉州城里，养马的人家青砖瓦舍
有人以歌安家，随一绺王朝破败烟尘
面朝中原，把自己的眼睛望成白骨或者玛瑙

听赵旭峰唱凉州民歌

一根刺要刺穿空空皮囊
一棵青草上面的叶子
从来不理睬轻浮的人
赵旭峰的民歌
好多人听过
但好多人并不像我

我想赖着不走，一杯酒
十杯酒，十块烧红的铁
—— 赵旭峰唱着
他嘴唇的莲花
他的舌头肯定是我今生所见最美的

我忘乎所以
我听着，天籁在简单乡居
隆起天堂
户外是什么

我忘了，我只是听
在民歌当中，似乎大片油菜花上的一只怀孕的蝴蝶
在天梯山间
就是赵旭峰了

我听着，赵旭峰似乎并不快乐
我有些黯然
我只是一个听歌的人
一个过客，在赵旭峰的家里
像一个偷窃者

凉州小曲

十个红僧
敲响铜钟

·

一只蚂蚁
看见葡萄

有人敲门
深夜滑倒

马在倒嚼
刀子翻身

听见哭声
歌女死了

梦见匈奴
白玉碎了

杨树折断
尘土扑面

谁在说话
风吹门牙

甘州城西郊

我清楚记得甘州城西郊
有一大片坟墓，还说谁拥有它们
谁就是世上最有福的人
此刻是凌晨，坟墓也和人类一样
睡着了。夜风吹拂的河西走廊
一个过客，外省人，他没来得及忧伤
就被一闪而过的甘州城西郊
大片的坟墓，风一样抛向更西的地方

武　威

马踏飞燕；西夏石碑；星星照着
喝酒的夜行人；响亮的马厩，星辰的光晕
哎呀，我的二妹妹，凌晨了你还不入睡
我的心肝宝贝，清晨的红柳叶子上没有露水
我在凌晨穿过武威
大面积的凉州：葡萄熟透，青稞归仓
牧羊的匈奴，手捧头骨和星相
手提镰刀的女子，我想咬一下她的舌头

黑夜的祁连山

蓝色的窗帘掀起来。是一阵风
是我的眼睛，黑夜的祁连山只有黑的雪
那该是天堂吧；很多的雪豹和羚羊
野兔和蚂蚁……在列车上，我看到黑夜的祁连山
只是一堆庞大之物；横在人类黑暗的中心
我突然感到心虚，想装作什么也没看到
上一次厕所，再好好睡一觉
要梦见西王母，还要骑上九色鹿和蝴蝶的花车

夜火车

黑夜的火车肯定通往
挨着我坐的一位姑娘一直在打电话
更多的人堆在走廊，更多的气味
让人厌倦。火车猛然刹车，我碰到了黑夜
玻璃窗上的一滴雾水
落在我的手背；那位姑娘咦了一声
肩膀撞了一下我的肩膀

兰 州

金铁交鸣，天上来的黄河
我想捧起一把经卷，在兰山顶上撒落
牛肉面大致是最好吃的
最好喝的是外地酒
那些天我在黄昏出没，街道逐渐冷清
抬头的楼宇，分明是天堂的花朵
躺在兰州的胸脯上，我总觉得自己
像一个怀抱羊皮的过客

棉　花

要掏出灵魂，骨头冒血
千丝万缕，还要赶尽杀绝
棉花。棉花。棉花。我大声叫着
我温暖，我终于懂得了这个暧昧的世界

它是棉花，包裹的，压制的
打击的和强化的。棉花于我是贴心的女人
棉花于我是光明的白
我是人，类似一粒发脆的棉籽

我歌颂，其实是歌颂温暖，自私的
你难道没有听说：霜打的棉花，在秋风中展开的
哎呀我的亲妹妹，棉花像清水一样洗劫了我

写给母亲

这是天底下最幸福的事
当然还有不幸。母子千回百转
造化之功。而农民这个宿命
在中国如影随形。浮土从来不接纳雪花
群草之间，随处都是满斤的疼痛
一个人从小到大，一个家由二到三五
这不是过程，是一滴水及其攀升
一条线缝补的清风。这么多年来
我们所做的，不足以面对国家和英雄
即使浩大的宫阙
如今你年已七旬，我也不惑半生
乡村屋漏，玉米和麦子，卑微者从不发声
天地之所以明亮，大地为其阴影

成纪古城遗址

在成纪古城遗址，我触摸的只是一块碑
背后是即将成熟的苹果
沉甸甸的，把现在像往事一样压弯
像我这样一个过客
在时间的废墟上，稍作停留
作姿留影，又历史一样风流云散

可以遥想一下，在成纪古城之中的那些人
他们的时代是散漫的
或者是有规矩的。在2010年仲秋的静宁
我忍不住想：大片的苹果和枝叶
它们的根，是不是扎在成纪古城
众多的骨殖和灵魂之上

感觉生之迅即的人应当在此黯然
或者痛快一笑。穿行之间，肩膀被苹果的脸蛋打疼
后来是一阵迅即的雨

同行的人走远了，我又在成纪古城遗址石碑前
站了站，往路边走的时候
肩膀忽然被人拍了拍，像是成熟的玉米穗儿
又像是隔空伸来的一只金色手掌

在李店镇想起飞将军

我想到飞将军，这个与我隔空千年仍很
亲切的男人。我时常想和他一起
杀戮在公元前的疆场。我是慕李广之名而来的
在今天的静宁，李广这个名字或许是陈旧抑或沉默的
如同站在山峁上就能看到的河流和村庄

这是天下人都爱的，一个站着用长剑穿吼
倒下了却还站着的男人。千载之后，我依旧是飞将军的
　麾下
一个不称职的战士。我一直想拜谒他的庙祠
要在他被塑造的泥像之下
大哭一场，或者尘土一样落在他的睫毛上

可在我只是看到放倒的爬犁
堆放的小商品，穿着朴素的人，还有干枯的车辙
不高的山坡参差向上，在众人聚集的房间
我也和他们一样，张着两片红嘴唇

啃食红苹果。中午的小饭堂里有我喜欢的洋芋

满座的同行者，一人一个，我从来都没这么好吃过

车到山岭，我还惦记着飞将军

再回头，把他的出生地，使劲用眼睛记着

静宁的形貌有些川地味道

满山的荒草正在被时光收割

在静宁的李店镇，我一颗心总是凌空悬起

一颗心被一位名将，暖在了他空旷的战袍或者腋窝

苹 果

小宝贝，我好久没有这么喊了
我感到羞涩。在你面前，我不怎么好看的脸
也像你一样好看了
我铁打的骨头，也流出了甜的汁液

你的胸脯鼓鼓的，我咬一口
是洁白的。多少人要在其中醉生梦死
我再咬一口
这里面的美，暖人心

这一切都是从味觉开始的
到达灵魂。我由来就觉得了一种汹涌的辽阔
就像我们前生，在一滴雨水和一阵风的洞房
——有着持久的激烈、忘我，甚至超度般的极乐

我们至今爱着，每一次都电光石火
每一次都会落地生根

用甜和清脆，献身的方式

在人类的田野，与所有的生命一起融汇度过

我想这就是苹果了，在世界的每一副牙齿和舌尖

肠胃和血液，成为潜流的江河

每一次的抚摸，应当都是一首感恩之歌

每一次的咬下，就是要喝下这甜美的骨血

父亲和我

上帝说：哀恸的人
是有福的。温柔的人必承受地土
清心的人拥有天国

亲爱的父亲，从你的手指
皱纹，从一株草的内心
从一粒尘土
我看到一个人在大地上的蠕动与坐落

而悲哀常在
苦难永不停歇
门前的梧桐树从没落过凤凰
河边的柳树，时常在污水中绿叶婆娑

人世的风，也从来没有将我们的屋顶吹破
你的身子在泥土中起落
身影像是河水冲刷的某块石头

父亲，我们是前赴后继的两朵野菊花
是逐渐发黑的苔藓
是暮秋时节持续变黑的两枚树叶

父亲，我们从不清心寡欲
从不以为面对的生活
应有尽有。我们被卵石和灌木包围
被屋檐的滴水
打湿衣襟……众生如此惆怅
众生中的我们，一前一后，参差错落

傍晚的鸣沙山

天色一下子就暗了
月牙泉冷了。落日烧红西域
我一个人，坐在山顶
听寂静的沙子
被风吹着，从高处到低处
从我到你——直到黑得看不到自己
鸣沙山上，众沙汩寂
众多的神，手挽手，肩并肩
从哪里来，还到哪里去

莫高窟

还没进入，我的眼泪就流下来了
那么多的洞窟被时间泡成尘土
神灵们人困马乏
关门睡觉。从东到西转悠了一圈
到第三百六十五窟，我忽然想和一位唐朝的伎乐天
一起，摘两串敦煌葡萄
挂在胸前；抱两颗瓜州蜜瓜
再西行七十公里，绕道阳关回家

阳关遗址

正午的烈日照得阳关大道
一片荒芜。寻人租马的老妇女手持竹条
马匹上的汗水
像是敦煌五月的葡萄
而王维的阳关已经算不得废墟了
空旷之地，西望戈壁
湛蓝的天幕，风在啃食流云
我在戈壁上转了一圈
带回一身尘土。阳关渐渐远了
一只又黑又大的鹰
从祁连高处，犹如岩石破空

黑夜的敦煌

在黑夜，敦煌才越走越深
英雄抱紧酒樽
我也才能像个将军
把剑刻进内心。抑或做个传教的、远征的
出嫁的、朝贡的、归家的、逃跑的、偷情的、放逐的
贬官、浪子、商贾、旅行者、官员、盗马贼
……我在的敦煌黑夜幽深如井
遍地葡萄，胡帐胡腾舞
羌笛吹到心碎。我要找到最爱的人
骑白马，唱情歌，马兰做桂冠，弯弓射大雕

瞬　间

月牙泉的黄昏，一个女子从白色的栅栏
一闪而过。她额头的沙子
就像另一个落日
众多的沙子在傍晚沸腾
在沉默的水中
聚集蛙鸣。我看到更多的人从沙山惊呼而下
然后是黑夜
是寂静……颗粒型的寂静蔓延开来
越来越大的梦境
一时让我无所适从

卷二

入中年赋

人生近乎一半，时间像铁锈

落在我身上的那些，不是亡灵就是盗贼

我一个人，后面站着两个农民

一个我必须叫爹，一个我要喊娘

还有三四五六七八个，是迄今为止还对我亲近的人

除此之外，人间多么寥落

人多，是他们，我千呼万唤

掏心扒肺，和他们，还是成不了"我们"

我知道我没有世界之心

爱不大，就只是五指和手心

有一年我在黑夜跑了一百里山路

在一座悬崖边，找到一个人和我的秘密

那个人捧着一块红色岩石

对着空谷，背朝石壁，喃了喃，自了个语

至此，我才把自己当成一个真人

一个男人。此后我很多年告别故乡
农民父母蹲在草芥的门楣下
仍旧把一场雨当作神仙施舍
把免掉的税赋，黑着脸压进炕席

从前我不知道世上还有一种苦
叫作中国农民；也不知道还有很多只嘴
都21世纪了，还把农民说成晋朝的某一个人

2013年4月19日，这一天还没过去
我就成了一个中年男人
按常理，要把酒，要临风
再回回头、翘翘首
而我却发现，一个男人来世上如此之久
竟然还贪得无厌
想回到母腹，把这个世界狠狠抱紧
也想奔到无穷的尽头，替人类摸摸灵魂

无　题

尘沙算一把，小花不算一枝

因为我从没有秀过，身上和心里

尽是尘沙。世间的事

人，还有人之外的动物

植物和水，我自小就很亲近

因为我出身于农民

在乡村之间，我和我的父母双亲

还有祖父以上的先辈

都有一条泥土的根。从消失处来到

今天和明天，后天将是我和妻子的儿子

可惜他一样深处尘沙

只不过，我经历的那些被时间吞掉了

他现在与我们所在的

那种尘沙，是人，还有人心

花朵也还开着，可好像是大批的机械

无耻地挂在人心

尽管上面还有三两滴清水

但我想，那种水滴，一百万年

也洗不净尘世的颧骨、小手和豁开的嘴

河西走廊

既往史是一把尘沙
二千年之外，是三五男女
在积雪下手托马蹄
张骞的外交显然高于汉武帝
以及所有皇帝的武功
和他们最宠爱的女人
风吹掉半杯烈酒
于今的河西走廊只剩下三匹山丹马
十六只九色鹿，还有这夜半于祁连山上
悬挂的半张混血羊皮

小 段

小段从新疆打来电话
说我曾经关照过她。我说我只是一介草民
在这个时代，连自己都关照不住
自己都在大街上
学蚂蚁走路；夜晚苍蝇一样六神无主
小段笑笑，说她在乌鲁木齐很好
有音乐、古丽、馕、小山羊和大胡子
她还是选择了读书
具体学校，她始终没有告诉
我也不便详问
我只知道，有一个叫小段的九零后女子
现在乌鲁木齐
就像我，现在成都
没什么问题，也没什么意义

抑郁症者宣言

从现在开始，做一个抑郁症
标准患者。像猴子，但不捞月亮
是人，不要做人事
从现在开始，为了健康
不打针，不吃药，不与欢愉为伍
从现在开始，做一个病患者
不做阐释，对谁也不，哪怕是在黑夜
遇见另一个自己，或者你
或者我熟悉，但不明所以，与我上下都不同的那些
从现在开始，我是标准的，你们都是
歪瓜裂枣，这世界唯有我和俺
才无比正常。我要用双脚追赶航天飞机
用眼睛射掉日月和最大的那些星辰
从现在开始，想念嫦娥，还有猪八戒
想念乡村病歪歪的绵羊和他的妈妈
还有爷爷奶奶，列祖列宗
想念做梦，要经常梦见一片水潭

和水藻，和沉底的乱石，要和他们纠结成一个种类

团结起来，我们都不相信人类的明天

不相信这世界还能比以前更美好，更壮观

从现在开始，相信骨头一定会开花

相信我就是我，在这里找到，在那里丢失

相信罪恶是唯一的动力

相信我，没有你，相信刀子会被沉埋

相信窗外的鸟雀会被天空戕害

从现在开始，我从此紧闭，耳朵和嘴

煤屑和小蚂蚁，从此不吃肉，热爱苦瓜和玉米

胡 子

胡子长了，可我不想刮掉

每次都是如此，胡子三天一长

扎人啊。我不想刮，我想像个男人

男人才长胡子

女人不长，这里面的原因

除了我糊涂，地球人都知道

对此我有点困惑

可我不想打听，就像我不想刮掉胡子一样

我认为男人的胡子是个好东西

长了可以掩住嘴唇

当然，嘴唇豁了的人更需要

再长了，可以遮住半个脸

脸这东西，一般都是给没脸的人看的

有脸的人基本不看

然后呢，胡子再长一点

可以盖住胸脯，尽管不可能遮严实了

毕竟遮了一部分

这部分可能是最不想别人
看到，也是不想被猜到的
而最重要的，是一般人摸不到
胡子就这点功能吧
要是再形而上点，就更有点意思了：
在这个没有胡子的时期，我留胡子
只是想让自己还像个男人，在这个什么都被刮干净的年代
拔一根胡子，还能见到血的人
比我的胡子还少，少之又少

梦中的皇帝

好多年来，我一直做梦，主题是：自己当了皇帝
过程再简单不过：生来就是
皇帝们如此说，也这么不嫌麻烦地重复着
在梦中，我这个皇帝似乎不干正事
带着一群人乌鸦迁徙般乱跑
看桃花红了，杏花落在柳树枝上
后来去登一座山，好像是泰山
在山顶，看日出，啊呀！简直太喷薄了
很美。后来升高了，刺疼我的眼睛
我怒喝一声，太阳一个哆嗦
像个红枣，扑腾一声跪下来
大呼万岁，万岁，万万岁，万万万岁

我高兴啊，笑得牙齿都飞成了石头
死活不肯醒来，可醒是必须的
眼睛看到的，屋梁上跑着老鼠
院子里，趴着寒风。就是我盖着的被子上

也汹涌着土腥。我想我还是做梦吧
在梦中，我是唯一的王
不干正事，但很极乐
果不其然，后来我一直做这样的梦
有一次，我梦见有很多的人
大多数是美女，踮着小脚冲我大呼小叫

我更高兴了，皇帝就是好啊
娶媳妇不用花钱，更重要的不是她们挑我
反其道而行之，比神仙还要美好
后来我真挑了三百八十个，让她们列队
在长长的红地毯上，端着我爱喝的昆仑泉水
西域香木，一起像荷花一样弯腰
她们说：万福啊皇帝！我笑啊，笑得风卷残云

还有一次，我看到一个不认识的人
脸上胡子是黄的，还沾着点泥巴
男人啊，他也是一个。我说：你给我十两金子
我饶你不死。那人一下子哭了
旁边的一个人说，皇上，您给他十两金子不在话下
他给您……我顿时大怒
叫人把他拉出去砍了。那人却笑了
我大吃一惊，说：你快死了你咋还笑

那人笑声更大了，看着我说：人说皇帝不是人

这下可见识了，皇帝真他妈的不是人

我没有发怒，笑着对他说：

恭喜你答对了，皇帝本就不是人

你才知道啊，朕却早已烂熟于心

遣悲怀

人道天凉好个秋，我说秋了
人也凉了。秋凉的是时间
人凉的是肉身。这道理我和一般人讲不通
只能给自己翻来覆去地讲

我说，你是个絮叨的人！我又说
我不絮叨天就不凉了？肉身就能找到灵魂了？

这是两个我，还有一个我
在叶子上，它是一片灰，人类的灰
此时，它正在筹备堕落
为了与春天时候形成强烈反差
它准备了一根树枝，一只白色塑料袋
一张哭着的嘴巴，一面用水泥做的墓碑

人道天凉好个秋，秋到了
人也老了，人一出生，就和秋手拉着手

像一对美。什么美？这个道理我和一般人

能讲通：因为读过点书的人

都知道鲁迅，他说：悲剧就是把美撕开给人看

像我这样愚笨的人，基本上会引申

然后仰头看一会儿天

叹一声息，再把脑袋锤子一样

砸下去，砸下去，砸下去，砸下去

悲观主义者的明月诗

明月照人间，也照天堂
照美人，也照坟冢。海上生明月，但此刻不宜
把酒问青天，青天以前不语
青天如此已经年，青天不如此
就不是青天了。明月几时有，嫦娥是天上单身主义者
优秀代表；吴刚呢，最不讲环保；玉兔自私啊
捣药，只为敷自己的伤口

今夜我在一楼，古人说，夜风独自凉
怕登楼。现在，楼上的大都是富户，或者官员
实干家，空想主义者。窗外三根芭蕉，和我争夺月光
此刻我不喝酒，不吃月饼，写诗
是真伤感。想起去年，明月之下有秋风
心里边飞着一枚红太阳
妻子炒了菜，儿子玩游戏
我和岳父喝酒，明月把苹果树照得做梦一样响

明月何皎皎，中秋节前，我就打电话
给老娘，她在太行山的村庄
她说：正打板栗呢！你三表哥今儿叫帮忙
咱家的还在树上。我说，买月饼没？
买了，可早吃了了，正准备再买
我说有钱吧还？老娘说：上次给我的还没花光

明月照千里，我仁慈的老娘
妻儿在去年的地方，岳父的肩膀总是疼
现在也很忙。明月之夜我忽然悲伤：一个男人
没有宝马好弓，一腔热血也在俗世中水滴石穿
泡成了汤。古人还说：不恨高楼空宴月
我说，明月此时起，人间万里深
乌鸦已重返，眉毛也将镀上白霜

成都单身生活片段

到成都七个月了，我竟然不知道
经常晃的那条街叫啥名字。后来我注意看
记住了，又忘了。现在才知道
那是人民中路三段，北面是武都路
还有大安路。除此之外，我还去过太升南路
卖手机的。去过数码广场
卖电子产品，还有系统光盘
电影，连续剧，三级片，游戏软件。一个妇女说
欧洲，日本，韩国，人与兽
啥子都有。我还去过华阳，国防乐园
文殊院，杜甫草堂。武侯祠想去
但没得时间。后来还听说望江楼公园
有薛涛墓。宽窄巷里面，住着民国时期的老成都

有时候我自己乱着晃，从成都银行江汉路支行
建设银行人民路支行，光大银行支行，大连银行支行
德阳银行支行，工商银行支行，民生银行支行

到太平洋百货、骡马市
那有个书店，还有一家德克士
靠近天府广场的地方，有一些卖户外的
夏天我在那儿买了一件安踏的速干裤
天府广场统共去了两次，一次和妻子买衣服
一次带着儿子，父子俩，手拉手，一边说一边走

洛阳路距离最近，卖菜的，卖肉的，卖水果的
理发的，卖彩票的，修手机的，擦鞋子的，喝茶的
还有按摩的，卖面条的。有些傍晚，我看到几个孩子
前面一张小凳，后面更小，趴着写作业，就着夕阳
有几次我去春熙路，美女多啊
我也觉得。可看了几次，反倒索然无味
我想：美女再美，也是女的，再漂亮也不是我的
我老婆也是美女。我闲来无事还做了一番比较
我老婆嫁给了我，她们会吗
我老婆和我有了儿子，她们会吗
我老婆和我一家人，血浓于水，她们会吗
我老婆为了我和我们家，穷穷富富都不舍
她们会吗？我老婆和我同床共枕，她们会吗
我只能说美女是美女的，也是别人的
我只是一个看美女的半老男，尽管美女不看我

大部分时间，不饿不出门，没事此静坐
睡觉爱做梦，梦见石头成了鱼
河沙成了金子，小鸟就落在我鼻尖上
梦见有人不断掐我脖子，却不知道是男是女
白天只有一件事我牢记不忘：吃饭，人是铁饭是钢
一顿不吃饿得慌。这是古训，对我这等小民
这比真理还硬几分。有些时候我去文殊院
不为参禅，只为讨一些淡然，不为溜达
只为那一声梵唱。住的院子里有很多花儿
尽管我不知道名字，也闻不到香味，可我就是喜欢

剩下的时间，我漫无目的地走，最远到自己的脚跟前
喜欢去河边喝茶，看混浊的水，几次想跳进去
把手心洗干净。去好又多超市买东西
锅碗瓢盆，可自己又不会做饭，妻子来了用
我喜欢一个人在房间坐着，写字，打游戏
在成都的夜晚与白天，自己把自己关起来
一会儿如太平盛世，歌舞不断
得蜀望陇；一会儿如遇突发事件
自己对自己宵禁，没事不得乱窜
要再严重点，立马通电全身，全城戒严

萤火虫

它的发光的功能使它出名
使人类在美好生活的想象里拥有
一盏灯：在黑夜的草丛
它们聚集
它们身体的歌声

对于飞行的快乐
它们一无所知
萤火虫，短暂的生命
它们崇尚本能
它们煽动的空气
仿佛远道而来的爱情

"对于发光的物质而言
生命是次要的。"
萤火虫，月亮落下的小小花朵
上帝的眼泪

在人间的静谧时刻
它们来到
并且携带着繁华星空
我疲惫的肉体一点点光明

"看啊，萤火虫的光明
多么隆重。"
它们让我安慰而震惊
哦：人生不是一阵风
一场梦，而是一阵风连绵的力量
一场梦最尖锐的警醒

夜过沙坡头

嘿，北斗星在腾格里悬挂
北方匈奴横刀，黄河拐角有一声羊咩

在沙坡头我只是路过
跌倒的黄沙之间，西夏的刀子夜半啸鸣
铛铛铛，鹰隼从此失眠
刀锋从此锋利。向南踏碎农耕的马蹄
丰腴的突厥女人
胡腾舞里，饮酒的将军被风砍掉胡须

而此刻大地如此荒芜
除了星子，黄河一丝不挂，如人类最深的悲悯
静缓和奔腾，此刻我在火车上
灯光幽暗。邻铺的一个女人嘴唇微动
是北疆之外血红的情欲
是一个老人，怀抱羊皮于积雪中的睡眠

嘿，黄河从此流，黄河远上青藏
黄河见我在此黯然而过，滔滔逝者于此间悉数出现

面对黄河

那一年我在黄河，数河沙
数年华，数一个男人和一个女人
怎么才能够滔滔不绝，数黄河兰州段的羊皮筏子
以及渡河的风，怎么才能躲避
近在咫尺的生死。自古以来，人类多么不安
在黄河一边，数着河沙一样的时光
意志昂扬
低眉顺首
最深的疼痛如水滴石穿
如铁桥之上的脚迹，总是被尘土灌满

那时候正是那一年夏天最核心部分
皋兰山上没了文成公主，也没了捉蝴蝶的小女子
兰州城里都是水，以及水和泥做的人
以及他们的居所。我在黄河边上与诗歌坐下来
像一块石头，或者被另一块石头碰碎后的肉色石头

人生何尝不是如此？面对黄河
繁如蚕丝的世事，只剩下几句老诗
"派生昆仑五色流"，"铁马长鸣不知数"
"黄河之水天上来"，"鼍鼓鸣钟天下闻"
我只能喑哑不语，看对面的白塔山
看掌纹，看这个世界在我内心的那种颜色和响动
然后叹息，然后把今生此前的灵魂经验，付之一炬

落日向黄河之心撒马狂奔。我复归安静
黄河之声在黑暗中加紧喧哗，身后是灯盏
等我淹没，等我从黄河岸边，向着北中国最结实的水槽
　　和栏杆

父　亲

我父亲杨恩富
小名杨小方。从没给我讲过故事
时常坐在门槛
吃饭、抽烟。院子的椿树是他栽的
院子边上，石头出自肉肩
背后是山岭，山岭以上是山
一个男人天天向上
向下。南坡上的羊群
北坡上的黄豆。斥牛掌犁
肩扛背背。一家人即一个中国
尽管我们是农民
泥土里有树根、石块
还有蚯蚓、旧骨。枣树在房背后
尖刺林立，时常把生活扎穿

疼只是几声哎呀，惊跑黎明夜枭
皇帝、娘娘，是爷爷说给我的

母亲只告诉我白蛇

许仙。父亲只是疼痛

三间房子盛放人类的二十世纪后半叶

从一枚树叶

到另一枚树叶。中间是牛粪

废铁，燃烧的高炉，荒山上的哀鸿遍野

父亲身在其中

直到有了我，农民是一种血统

是一根针线缝起来的

老棉袄、长镰刀，镢头竖在门背后

锄头锄掉的，不是杂草

是宿命。父亲在日光中衰老

风吹掉他松动的牙齿。皱纹可视作扫荡

光阴的军队

有些年，父亲在团球厂

拿簸箕大的铁锹，装铁球

为自己挣钱。有些年他扛着水桶粗的松木

沟壑连绵。有些年他背着行李

裤兜揣着旱烟，在山里为汽车开道

巨石、荆棘，炮火不是战争

是一个农民的活着。有些年我离家三千里

每次打电话

父亲接，我刚叫爹，他却说

给你娘说吧。说完就挂掉。那时候父亲形同乌有

如同那支扫帚

豁口菜刀。我潜意识以为一条人命

起码长过七十年

一个农民，总有七八个安闲的春天

终究是时间祭品，人制造生活

又被损耗。他病了，这个叫杨恩富的农民

2008年夏天

他吐血，幸亏抢救及时

再查：癌症。妻子对我说

我惊恐。号哭。泪水再多，也不是江河

心再疼，也还是束手无策

对此懊悔的人，世上可能只有我一个

一个农民生如静风

草芥；途经刀刃的尘土

光都是别人的。在他最后的日子，妻子为他输液

打针、做好吃的

我回去。除了喊疼，更多的他不说

作为一粒过度生长的种子

他知道此命不久。他越来越对这个世界无语

我不知道这样一个人

怎么会对死无恐惧

他好像懂得我的心思

用白须、颧骨说：他这一生带走了六个十年

四个时代，半个世纪的人类历史

他葬身之处是一座山冈，向下田地

背后峰峦。泥土中有许多砾石

野草从来春荣秋败

庄稼经历的不只是天地

还有人，人生、人世，不过如此的身体

七月的巴丹吉林沙漠

七月的巴丹吉林沙漠枯骨燃烧

蜥蜴是另一种海拔。巴图的三峰双峰驼老了

在芦苇丛中，蚂蚁成群奔袭

去年春天的那只羊羔

戈壁深处，一窝狐狸经常在梦中

海市蜃楼般地把尕妹子的脸当成泉水

多年来我一个人在沙漠遭遇

风暴以及风暴的敌人，妄想的星斗拉直额济纳天空

青格乐和她三岁的巴特尔

骑一匹骟马去了苇杭泉

此前多年的一场雨，活命的畜群和红蝎子

曾经在胡杨林里酝酿了一个秘密

那秘密包着一层牛粪，一层羊皮

一条四脚蛇长时间卧在脚心

包花头巾的蒙族阿妈，骑摩托车的汉族小伙儿

西瓜上市，哈密瓜喊痛

满口腥气的弱水河里，有十多根枯枝败叶

十多颗黄色砂砾，趁着夕阳，携带整个世纪的躁动与忧郁

写给小玉

长途班车停靠，长途的遇见
龙首山的沙葱疑似做梦
风吹过三道梁的嘴唇
附近的棉花地，赶毛驴的老年妇女
临水的戈壁滩高处，一些建筑物凸起
那是公元前的汉代烽燧；流云却像李隆基
和杨贵妃的丝绸
我心里那几条反水的小鲫鱼

那是弱水河，七八十条白色的涟漪
好像裂开的镜子
大禹没见到为他生了十三个儿子的涂山氏女娇
唐僧过河时候丢掉几页经纸
旁边的马莲草，花开过十多回了
一群黑甲虫途经此地，触角是首领
细腿跑得过白龙马、大英雄和小妖女

说这些纯粹为讨你欢心，男人自甘堕落
还引以为喜。一个上午我们走了三里多路
嘴皮失火。在一片杨树林，麻雀丢下它们的孩子
风劫掠了历史百万宠妃。我的世界满是红啊
爆破的石榴，还有火焰和他的内人

骑马挎枪的勇士

骑马挎枪的勇士终于学会了写邮件
发短信，微信调情，讨论别人的幸与不幸
在发廊对镜自照，按摩房内洗脚
用手指滋润伤痕累累的肚皮
骑马挎枪的勇士从此更加关切世事核心
其实是他自己。用意见代替呐喊，语言瞄准
然后射击。骑马挎枪的勇士
实质上只是他一个人，放下武器之后
善于单打独斗，也善于自我作践和命题逃匿

世人终于看到了勇士的悲剧
皇帝和他的臣子，恨不得把双脚高高举起
勇士在这个时代不是工具
而是工具的刺客和政敌。勇士们于半夜酒吧
弹铗作歌，在小妹的酒杯里面
捕捉活着的蛛丝马迹。勇士们都想着辞国
然后怀乡，然后再像拆枪一样

卸下自己的骨头，用良知的黑布
擦拭他早就锈掉的偏激、不宽容和小义气

为时已晚啊，勇士叹气，挥刀割掉英雄主义胡须

想念酒泉的一位朋友

见面抽烟、喝酒、聊文学以及文学的花边
女人，河西走廊沙尘太过肥厚
遮住十万男人
尤其是醉鬼，祁连山积雪天天融化
夜晚皎洁的汉时明月
隋唐箜篌，胡旋舞里的美娘子
横刀的猛士
悬剑者，骑兵的马蹄在你家窗前制造狼烟

其实只是匆匆一面，第二次，是在大街上
汉武御酒广告，祁连玉器，街边花坛被小蜜蜂灌醉
鑫利商城以下是德克士
肯德基。还有一次去了金塔的胡杨林
三五男女，扭捏照相，我抱了抱你的肩膀
实际上是腰肢
此去经年，酒泉之内。尚有你在
这叫我心安

隔着三层关山，从内心的黎明

收集日渐溃散的河流和它们的峡谷险滩

除此之外，酒泉的朋友被时间疏远甚多

岑参太远，高适被困于轮台的风雪

李白嗜酒病入膏肓，唯有左宗棠和林则徐

两个老男儿，夜半都钟声了

还在搞家国忧患。此时我和你早已分开

偶尔的飞信和邮件

好像焉支山上单于的鸣镝

张掖的三弦，三更里尕妹妹擂鼓的小心尖儿

自言自语或以此存留

如果有一只手，它一定插在冬天的裤兜
你知道我在风中能被北方抚摸多久
北京是一只裤兜和另一只裤兜合谋
是一个人和另一群人，隔着乌鸦的翅膀
找到蝼蚁的舌尖，还有烟支横穿的长街午夜

我不知道你现在哪里，一种疼疼到荒凉尽头
世事瞻前顾后。我握住你的手，但不等于
就此可以恩爱一生。鲜红的旗帜总是在虚妄之处
活着是一小杯鹤顶红
正如你奋力挣脱的身子，带走一群猛兽

这显然不是梦，昨夜有暴力摩擦
窗玻璃正好和你两米远。一块块砖头之外
水泥是整个人类的外部结构
我一直没脱上衣。凌晨的星光提示上帝来过
而你不在，我只好将一枚唇迹作为谶语和符咒

野葡萄挂在酒的意象里，注定会持续
骨头总是在溃败。信仰似乎我握住你的一只手
从指头开始向内撤退。爱必定受孕于欲望
逐走悲伤的大水返身向上，草原葳蕤，鹰隼逃离天空
2013年即将覆没，我如此卑微，又如此珍爱失败与坚守

交 谈

那一夜，我们谈到大尾巴狼
蜜蜂，花朵阴影处。当然还有爱
做和不做。谈空气湿了外衣
窗玻璃是风的母语
我们谈到这时代的核心
其实是肉身。狐狸在骗狼
老虎安慰狮子，蚂蚁把白桦树作为墓地

我们谈到夜色之中
人该做什么，近处楼宇里的住客
今天睡下，起身该在何处
谈到你胸前的第三枚纽扣
解开和不解开。谈到指甲上的棱纹
嘴唇以上，眼睛会杀生
发际多么辽阔，犹如上帝的长须
你我都罪孽深重，可必须佯装皆大欢喜

我们终于谈到叹息
一个人和另外一个人，然后抱紧
这原本不是谈话的目的。两个人抱紧之后
谈论只是谈论本身
心敲心，嘴唇安装嘴唇

命　中

请用十指缠绕

请用一支针管扎进去

请用刀子。请用一只蝎子

猛然撩起尾针

请用蜜蜂，在花中沉醉的一刻

请把身子递过来

请用一根筋，请用瘦削的麻雀

一只知更鸟，叫我的名字吧

请用一只小黄莺

喊我的前世。请用一个距离

在上帝门前挂钟，于世界尽头送一朵杀伐

一种蚂蚁的叫喊

一种猎枪射击，请用箭矢和它们的哨音

此刻我在，请用你绣花的鞋垫和不打补丁的黄昏

献 词

小石榴她是白色的，如我抚摸的腹部
请让我唱赞歌，一瞬间喝下从古至今的美酒
吞吐不止的爱欲
小小人儿，我在河边洗心
请凌迟我，如蜜蜂蜇、小刀刮、火上浇油

多年以来，我一直在找一个
杀心，樱桃打脸，核桃做房间的人
可总是在尘世翻到月亮
在梦中跌进疾病。每个夜晚都有一个疼
靠着影子，翻身起坐，和一群谜语大唱悲歌

人生如此喧哗。一个人如同花芽
午夜开放。没有人试探幽暗之蕊
其中有一条鱼，在水苔之下自生自灭
有一只反叛的玉镯，她始终没有找到另一个
那锈迹斑斑的，被时间之刃洗刷

薄如心膜。我们兴高采烈

其实都是苦孩子。你和我，相对无语

如此刻完成的献词

一少半是语词，多半是骨血

肉身弹奏，黎明喑哑，见光即灭

吊灯之夜

人在替吊灯说话、喝酒，想入非非
吊灯沉默，以光毁灭的速度
众人聆听却无动于衷
不语者，他从茶水里摘出农事和泥

时间是个愣头青，活着需要坏脾气
人和人，相识不相识，都是一场你恩我怨
一个人在一群人中把自己耗干
如吊灯，如吊灯之下的夜，茶盏里，无明月

那一刻我闭上眼睛，吊灯无意识狂奔
我想写诗，在上海某夜
雨下得只剩下皮肤，找一张纸
我写下：男人一生需要一盆篝火
一个骑马的朋友，一堆书和读它们的书生
需要夜宿古寺，一位早逝的异乡女子
一只狐狸精，一条自称你娘子的蛇

而四壁空空，我的朋友牛红旗鼾声断续
在隔壁，有人翻身、感冒
我想过去抱抱，拍拍后背
吊灯那么固执，像一尊面目诡异的盗贼
起身是夜色，更多的灯光在窗外刻下车辙
我叹息，我想抱着一声轻咳
一条鲤鱼，在吊灯之外，过明亮的生活

离别赋

请摘下眼泪，琥珀
酒杯，一颗心要分成几份
才能盛装。冬天的北京有两个方向
一个南辕，一个北辙
亲爱的人以乳喂养，以爱人，以兄弟
以风中的遭遇，以发际的土尘

以一楼的木板
顶层的琉璃。请摘下此时的疼痛
和不满。请把一支香烟纳入
请让一条路往额头上走
你我都老大不小了，不忍相看

竟然如此惨淡，某栋楼某个房间
某种情绪，小狐狸冬眠了
蛇在小腹里，睁眼看月亮
水泥楼道，吊兰受惊

如果我手指上有火，请将它转给干柴
如果我还没有手执信札，请给我以空杯
在未来到之前，我已经被风卸下
来到以后，你像钻石，在靠近心脏的骨头
一手捧着玫瑰，一手把持小刀

离别赋之二

你可以沉默，但不要把牙齿喻为铡刀
可以做作，不要把眉毛当成森林
可以笑，但要注意节奏
一种相聚比树叶和花朵凝重
一种自由，在你看来比嘴唇小三个毫米

此刻我醉了，比逃跑还叫兔子着迷
富有张力。我接住你的衣襟
像燕子衔泥。我爱的只是夜半巢穴
夜莺和她的表妹，尘土的堂兄弟

你爱，从芍药居到天安门
从一只鹰，到一只猎物之间的默契
人生原来不可修饰
叶子入泥，请告诉今夜诸神
我恨你的舌头，岩石下的胎衣

如此我窥不到内心的雄狮

眼睛及其睫毛之下，安静的波涛

你我皆孤筏。一群人相聚其实是为了凋零

一群人所在大部分敞开

当西风拉动，离别请给我一杯烈酒

一枚火柴，请给我三尺砚台，十匹宝马

请给我钢丝之韧，展开的弓弦和长焦

离别赋之三

斟酒者，请放下微醉和乱语
我在旁边看，一杯酒所能的
一颗心未必。一个人所想的
其他人大多不然。一双筷子碰来碰去
杯盏响，怎奈这瞬间夜晚

乌鸦飞绝，忍相看、唏嘘
你我都在变老。此去必定经年
在北京，一隅的房间，左邻右舍
楼上楼下，抬头不见低头见
可我已经能从脚步声分辨
从咳嗽和叹息当中，迅速挖出每一张脸

离别是常态，一如汤匙和碗
如你我，酒醉后，睡一觉恍若一梦
人生原本清晰，只是这时候带有毒素
我的想法不够奢侈

离别之后还能相见

告别之时抱抱双肩

你们之中肯定有我最爱的

寡淡的，四个月没说过十句话的

见面安如泰山的。而更多的让我抓心挠肝

还有那么一个，总是喃喃叫出名字之后

疼得叫自己可怜。更多的在此刻列队整齐

兄弟，请抱抱腰肢；姐妹，摸摸头发和指尖

在故乡的城市给你写诗

洗个澡，给你写一首诗
水珠还在灵魂里。河北邢台天蓝多了
这个夜晚我有点舒心
就像刚刚亲过我的那些水
一小时前吃过的食物，素、淡、微辣

现在我躺下，像一只蜕皮的蛇
猎人打伤过多次的狼
很多年前我在这座城市游荡
路灯下有一百块钱，已经拆掉的长途汽车站
有一个常年袒胸露乳的妇女
青春是一只蛐蛐，怎么叫都不如汽笛响亮

这个夜晚无比干净，我好像对你说过
这一生所爱的人，有一些已经沉默
你，你们还在，尽管幸福一定不会淹没悲伤
可我知道，一滴水于我是暴力拯救

亲人，请用一支香烟，一把灰烬累加

此刻我赤身裸体，努力从内部挖出月光
故乡的城市尘土满面
下车时候，我和司机讨论梦想
他说：钱最现实。和同车的一位姑娘
说到秩序、文明、竭泽而渔、空了的煤矿铁矿
她笑笑，说，这没啥，再不好也是咱家乡

我在后座上叹息。如同此刻
一个人的房间，安静得只有两张床
我把自己亮出来，用诗歌
对你说：恨更能摧毁，在这个年代
爱深度躲藏。如同以往，我又感到悲伤
使劲拍自己胸脯，还有这一地的念想与灯光

悲　歌

高铁再快，还是高铁，还要在地上走
就像我从北京来，未必就是皇帝和他的亲人
一只太阳在光中奔跑
有一个人，他用短信说：
代问候老母亲！她是我们在尘世
为数不多的亲人。一时间我眼眶豁口
还有一个，好像喝了酒
用另一种口吻，告诉我这一路
该做什么，不该做什么

事实上我喜欢在钢铁上奔跑
人总是自我安慰，身高一米五以上
就要自命不凡。南去的田野上冬麦陈列
伟大的北方盛产烟囱
也盛产悲歌。车到霸州东
从车窗、月台，我看到阔大的田野
只有一座孤坟和它的墓碑

是的，我回家看望老母亲
她叫曹桃妮。在那座名唤莲花谷的村庄
四十年前生下了我
如今她老得只剩下牙床
犹如我父亲埋身的山岗
想到这些我就浑身颤抖
指甲嵌入手心，膝盖顶住胸口

尽管如此也不能停止，就像这列火车
我骨子里的大雪，梦境的沙子和废铁
向南的道路，古老的大地身经万劫
到处都在挥霍，辽阔平原上
唯有一堆野火和一只飞鸟
亲爱的人们，我愿意如此观看
如上苍与河流，如你此刻睡去的嘴唇和哀愁

臆想之诗

你在，肯定是另外一个样子
或景象。你在我身边如受惊的水滴
兔子约见灰狼。其实这只是一种臆想
亲爱的人相互提防
在这个年代，最好的往往夜风独自凉
最坏的穿厅过堂

连续几个夜晚我都莫名悲伤
似乎一个绣花的人，在缝补心脏
它原本完好，比正常还正常
我在台阶上栽种月光
在房间布置青纱帐
大地需要太多的种子
一群蒿草在尘世抱团站岗

你在，灯光一定原地遁逃
沙发是别人的，地板喜欢嗵嗵出声

有一种舞蹈不是肢体
心要放进诗歌，肉身突破边疆
旧有的水防止咳嗽
新打开的，一定布满玫瑰和玉石的碎响

可这仍旧是臆想，恬不知耻
又针尖顽强。今夜我再次跌入概念的围墙
多么狭隘，还富有自私和狂妄
你真在，我一定是另外一个样子
即使风遇到风，珍珠出自鲸鱼的背部和绝望

早起者

每早六点，开窗还是黑夜
但也可以叫作黎明。此刻你一定呼吸均匀
也一定没有做梦
不似我，睁开眼睛就觉得无望
世间如此多的事情
唯有爱上，才使得内心潮动、明暗不定

窗外的窗户大都黑着。甚至黑得有点反常
我总觉得昨晚每个睡下的人
一定心有所想。如我坚持许久的失眠
如这世界不动声色的嘈杂
每时每刻的痛不欲生和漫长忧伤

我洗脸、刷牙，在凉水的脸部使劲拍打
我发觉我早已老了，如一块浸水的废铁
锈蚀是必然的。人生就是丰润和脱落的全过程
当我端起一杯开水，热气蒸腾

一个声音在内部响起

简单的人，请收回你的舌头和口腔

天光徐徐，这凶猛的力量

在喊人类起床。站在五楼的栏杆上

建筑大都形如深渊，我向右错开一米

在一盆吊兰旁边，忽然心安

在黎明，还在安睡的人

请给我一根绳索，早起如我者

自跳三下，摘下旭日，万千山川

迷惘之诗

黑纽扣位列第三，手第四
不喜欢如此这般，算得了人之常情
可常情不外乎人心
一次两次，三次以后
若要从头再来，还需要另一只手

还需要一只螳螂，一只黄雀
其实弹弓不在我手里
我手空空，空空如风洞
好久了，天昏昏，星群在别人头顶
为此我感到悲伤
为此我把自己比喻成一支凌空的灰烬

此刻无人迹，雪等到心里还没落下
小人儿，西风拍窗的意思
是散开的臆想，帘子和两米远的体温
敲键盘、喝口水，失眠卷土重来

再准备三根红嘴香烟

什么可以做牙齿，还有一只充满攻击性的蝎子

有些疼是暗中的，有些喊叫只震动自己

多年我不曾触摸对面的衣衫

解开火焰，惶惑、独自、伤感最易点燃

我从窗户投出一本书

好像没有回音。如果今夜没有黎明

请给我退热去疼，如果此刻你已经睡去

在独立花园，我只好请上帝向你代致晚安

流年赋
——写在一年行将过去之时

恍若深海，恍若沉船之上安静的腐朽
珍宝、穿梭的鱼群，巨鲸骸骨
海藻如履。哦，一个人面对往事竟然如此波澜
壮阔是国家的事。时间如桅杆
孤单征程起伏的是群体性摩擦和自我消耗

群岛之中我最小。事实上我一直在陆地
生于北方，草木群山。流窜西北多年
在巴丹吉林沙漠抱臂弹指，风吹荒凉之颅
尘土作镜，前些年迁徙西南，一个人总把自己丢在闹市
夜晚，前楼听后楼，高跟鞋敲呀敲
床板也响，众人原本只是相互听看，不肯抱团

冬天深到海底，我晕眩，每当它行将就木之时
就是一年。一年好比一条船板，过去就抽掉
也似乎是一根肋骨，迫使后背一再向前
陆地多么温暖！背后的大海，飓风乃诸神盛宴

窗前如深渊。事实上，我一直向下，以陨石，以火焰

端坐或沉睡我总是感到颠簸
人在年份中孤筏重洋，无尽之水，彼岸只忠于侥幸者
我想做飞掠的海鸥，轻浮灰尘
可上帝只允许人为一枚扁舟，孤立之帆
哦，深海，沉船，庞大妖娆，无尽下潜
而人生如此惊悚，面对流年我满目悲怆
越来越佝偻。一个人，众人，作为祭品，时间照单全收

时间献词

请笑纳这一年，吐出骸骨
流在嘴边的爱情，请给我一杯苦酒
一只板栗，一个小人儿和她脖子上的枣木坠子
请爱我！时间，我在你的刀刃下
苍老。一年一年，一年就是一根别针
在生命册页上，请铭记，请以沉默代替言语

事实上，我已身心俱疲
我胸口的十字，只是告诉你我还是上帝的子民
四周都是卑贱亡灵。请以手指为我扯下嘴唇上的干皮
请告诉黑夜奔跑的孩子
前面没有陷阱。请通知傻乎乎的、我爱的人

请原谅，光阴，我只是其中一粒
蚕豆般大小。绝对不是神，而是神不弃的罪人
我贪恋这世界，如同贪恋肉身
我心有余悸，针尖和麦芒，蝴蝶与暴雨

需要再次说，我老了，亲人越来越少
像自己把自己弄丢了，哪里也找不到
请给我以食盐，以水，以热血
以孝、爱，请将这一年从我胸腔里摘走
请斩钉截铁，请将新的流年再次赋予脂粉和红晕

新年献诗

昨夜我和上帝一起度过
他派遣了苹果和红枣，还有人体的香味和曲线
我明白这是一年最后一天
亦第一次天光乍现，两个年轮交错如犬牙
如绳索这头和那头，食指触摸的暗处花瓣

好在我又按时醒来，并借着白昼
祝福，上帝每一个子民，包括围困的苦与伤悲
其实我心如沉水，洗过往事的泥沙
我从峡谷再次攀上另一座高岗
茅草齐身，惊奔之狐，黑蚂蚁列队奔袭
我长出一口气，按住胸口
以虔诚的心碎，以野花的寂静与卑微

失去父亲的夜晚

上面是牡丹，下面
两只鸳鸯，再下面有一张毛毡
再再下面是木板
木板下面是空，是水泥封闭的另一种
应当是二〇〇七年，我和父亲
在春夜里，并排睡在这张木床上
他叹息，但不打鼾
我几次惊醒，听到他在叫疼
我想父亲一生够苦的了
他的身体让我想起时间和它的博物馆
他叫疼，使得世界上所有的春夜都锈迹斑斑

我后来又睡着了
醒来，阳光大面积存在
父亲不见了，就像四年后的现在
秋天把一年的大地摘净
我仍旧睡在那张木床上

有几次惊醒，发现木床一侧
一个男人站着，抱着胃部看我
我再闭上眼睛
感觉这木床越来越空
就像木板和水泥地的距离

向南的高铁路上

向南的高铁上只有我和三个空座位

夜跑了妖精，但不是嫦娥

满车的仓促好像这没良心的世界

小姐笑着，送来小吃、矿泉水和某种妩媚

可你看不到此刻

向南的道路，空洞、迅速、失魂落魄

邻座的一个女子，靠着一件短袖衫

短袖衫上有一只狼头

还有一个猎人，以及不知道谁的血

对面的电子屏刻板

尖锐，还装神弄鬼。我喝一口水

填写一份网购火车票调查表

然后把头放在靠背上

我感觉踏实，好像一下子就找到了

这尘世中的万家灯火与累累黑夜

芍药居的傍晚

赶马车的夫妻，有两个人在买他们的山药
夕阳比朝霞更有生机
在京都芍药居，我看到坐在路边
说别人故事的单身男子
几个经贸大学的学生，她们的腿部无疑最美
有一大堆车辆，在人类社会来来回回
就像这一个傍晚，一个外乡人
从芍药居某处走出来，不为看人
是要自己放心；不为一时
只想把某一件事做得也叫自己感恩
当我走到芍药居地铁站D口
一天的日光开始转暗。我折转身
刚一迈步，就看到几十枚白纸上的灰尘
南瓜藤从谁家院墙爬出来；槐树叶子自恋自悔
好像灵魂孤独投奔

空洞与瓷实

从此我不再写比梧桐树心还空

比小蚂蚁还徒劳

比小美女更不知道世界如此逼真和凶险

比天空及其云朵骨肉分离

——空洞的诗歌让麦子和玉米吐血

好男儿被一根铁丝锁骨

好女人为了几件裙子罹患绝症

我要的是花儿上面有蜜蜂

蜜蜂身上有花粉

有生活的尘土、情绪，斜到家的阳光

和歪到心的三角阴影

灵魂披甲。山顶上的大风需要一个人冲锋陷阵

草原上鹰隼纷飞

我爱这人世的庞大肉身

是一个人面对同类

时常把一件棉衣当成隆重的恩惠

时常把一颗酸枣放在舌头底下

再用舌头和牙齿，吹出刀子离水
骨头受压，以及长舌妇和自闭症患者同处一室的声音

此时此刻

这个不想动动身子的男人
一小截香烟，一小口红茶
一个越来越小的中年和他的眉心
指甲里三五片黑垢
盘坐于此刻的黑
一小盏灯光，以及他的一只手
比酒更深的醉
所有的照耀和晕眩都无从触摸
他或许是做作的
或许在一针一线密密缝
他伤了的灵魂
作为局外人，我长时间地端详
在他体内，我觉得这样一个男人
此时此刻，越来越像他逝去的爷爷和父亲

小花，寒露以后

到寒露以后，小花就不是花了
她是黑蚂蚁最小的妹妹
乌鸦的大师姐
是我在风中喊你名字的时候
突然奔来的一匹枣红马

寒露是一年内植物的倾心杀戮
是人在天地之间灵魂受损的重要时刻
我此时于北京的深秋
在芍药居附近，与一朵小花兜头相见
以上所说，都是一刹那间的感觉
是一朵花逐渐消失的体积
是不抗争的旅途，好像一张写有赞美诗的纸页
在尘土中经不起推敲
在北京一个人和一朵小花需要相濡以沫

可我知道这好像奢求了
也知道，小花在此与我相遇
再一时刻，我们都将把对方抛在身后

每绝望一次，我就刮掉胡子和头发

每一次，我就刮掉胡子
刮掉头发。胡子多，头发就那么一圈
尽管少得悲怆，但我还是要刮
刮、刮、刮，刀子锋利啊
刀子带血时候
我才觉得，绝望就是拿自己开刀
用血把自己吓一跳

胡子是我最爱的，江湖侠客
马上将军，古老的人们以它为美
可现在人们总是在刮
他们是为了让一张脸好看
让一些人看到惊喜、年轻的苍老，别有用心

一切都没了，头顶好像苍穹
嘴巴似乎风洞
天地辽阔啊，这卑贱的虚张声势

这无耻的装神弄鬼
我笑笑，然后哭
好久没这样了，世界于我多半虚空
如同心，如同一棵树和它扭曲的骨头
全人类和我们一贯漏风的灵魂

其实我爱这空旷
就像爱着你们的每一根头发
和拔下时的那滴血

失眠之书

失眠是被一小撮夜色
绑架，是被另一个人扎进心的刀子
光芒啊。失眠时候我在一个房间看
秋风横渡，乌鸦悲悯
忘了告诉你，从四十岁开始
我信命，信天籁
信小麻雀的心脏以及抚摸它们的下弦月

可那光芒只是明灭
只是犹豫。在这个世界上
有生之年，其实我们得不到更多
失眠是一次次自我查验
从肉体翻到灵魂
全是蛛丝马迹。此刻没有人与你千杯不醉
一盏台灯所能照耀的
仅仅是这悲苦的肉身

这样的日子还要持续。我信你

但我更相信，一只猫和它向往的那条鱼

一枚树叶和它永远都找不到的树根

哦，上帝，我在脖子上刻下信仰

可血，可尘世、原罪，注定的伤悲

我起身披衣

我在人造的灯火中

看到自己，这无与伦比的美啊

肉身，只适合在豁开的夜晚

交给一枚落叶，交给一个叫作杨献平的男人

来吧，失眠，一杯就醉

一个人，他孤独，其实为了更卑微

失眠之夜，请准备好健康

准备好一杯水，准备好一头毛驴

死心眼的梦想和众神的号哭

还有它的祖国和人民

回　乡

山路摇，血在烧。转弯以后
还是转弯。这条路显然很多人走
我想起小时候，临水库的悬崖
很多车开进死亡
前些年，我嫁在不远村落的表姐
因为男人懒惰，孩子娶不到媳妇
她寻到一眼打鱼的洞穴
好厚的冰啊，她终于嫁给了龙王的大表哥

多年以后，我不再近乡情怯
南太行的冬天只有岩石张臂
杨树的虬枝似乎亡灵
抱草木而眠的牧羊人
一定梦见了将军的腰刀

我只是被异乡暂时收容
时间部落里最卑微

从十八岁开始，回乡之钟年年浩荡
2013年行将过去，我从京都来
舍弃城市后，群山如幕
家被众草包围
窄长的天空风吹如狼

那是渡口、彭垴，再向前是侯峪
温家沟、连庄
蝉房是乡，花木为村，石盆以后
我首先要路过，父亲埋骨的山凹
桥跨过的只是深涧
无父的人何其悲凉
上坡，入村，转弯，我又看到
越来越小的母亲。有娘的人
终究还是孩子
我抱抱，双泪落，挽起胳膊
再苦笑着，从她白发里拿走沙粒和草芥

掘根运动

我没喊爷爷奶奶，也没叫爹。我喊
大豁牙兔子、小二贵黄毛
还有歪脖子黑南瓜。好像没有回声
好像断墙的巷道里也没有兔子
狐狸都登堂入室了，在房子里继续人间烟火

幼年奔蹿的四合院，天是蓝的铁
地上麻雀投影。煤油灯的夜里，萤火虫明灭
白纸窗棂里，吧嗒着旱烟锅
石头台阶跑蝎子，蛇最惊心动魄

那房子是五婶的，过道以西是四奶奶的
我再转过一条巷道
喊老军蛋、鼻涕当面条
恁大姐、他二哥。还是没人应
对过是张大炮的黑木门。门上对联说
仁善持家久，诗书继世长。可门是锁着的

门槛都烂了，屋檐掉在地上

老娘说：都走了，没走的
死了。很多人在邢台、沙河买了房子
我看着门前的三棵椿树
对面马路偶尔有车。我想我似乎知道了什么
这是一场史无前例的掘根运动，从梧桐树根
到炊烟骨髓，镢头边刃上，镰刀一再磕头谢罪

老 村

老房子只剩荒草，和它们故去主人的音容笑貌
荒草以外蛛网横行。青天以下
多的是黑乌鸦、小蝌蚪和白麻雀
拱门下面人迹归零，黑漆作古
时间在此有黄泥墙皮做证
隐约可见人类的小心眼、大悲喜

那些年我曾在左边房里，祖父前半生
好像一杆旱烟。他讲的故事草中有蛇
井里边，一个属狐狸的美女
总在夜里与红尘交合。左边的房子里住着一位老奶奶
她寡居，会说评书。再一座房子
主人还在，只是脑溢血。还有一座房子至今空着

我也曾在屋檐下，看天空明灭
让蚂蚁在脚尖极乐。春天的梧桐花屁股最甜
夏夜，虫子的便溺时常落在碗里

奶奶那时还是一个半老妇女。有一些白天
我进门出门，蓦然看到自己的祖先
在墙壁上，手牵麻绳，肩扛石碑和灵魂

四个月的重疾

阴冷，疼，我说的是骨肉
尤其关节。四个月的北京我待过以后
一场不安来自天庭
以及你的意志。有人在院子里晨跑
还有人打开自己，迎迓十万尘土和一种敲打
深植于人生的相聚和别离
都堪称九月散花。初见时，叶子还在酩酊之中
沉醉的不是风，是看似陌生的鬓边黑发
是我放浪的窃喜和微笑，还有你，你们与我的半张信札
十月我感冒，感同身受者暗笑不语
那种肉身的内战，堪称杀伐。在我面前笑过的人
一只手仿佛一种探讨。安慰由此而生
如十一月的干净，玉兰树收尾，湖水如镜
金鱼们终于找到自己的家
十二月我开始夜不成寐，面对墙壁
灯光从不照耀，而是聚拢
肯定有一些心碎，有一些争执的隐晦

其实这不过是一种状态，只是太逼真
入心的事物一般都自讨苦吃
一月就是一年。告别前一天
阳光堪称老迈的狮子。相聚即为散场
送别如斑斓虎皮。阴冷，疼，体内的火焰
优秀之重疾，好像自焚
不及其余，当它再一次实施

离别有赠

请给往事脱下衣裳，给三匹瘦马戴上狂奔
此时理智的人都是有罪的
一群人在天空深邃。他们手拿故事
情感粉碎，各个方向都具备鸟雀和神恩

这么多孩子状似流云，风中三只蝴蝶沉醉
深夜里拥抱的人，按下胸脯就能找到星群
一个人和另一个人相对无语，佯装世界核心
那时候犹如深水。空旷，它体验到了极致之美

我一生中唯一的稻田和江河
粮食比爱情美上三分，奔流深入人类
所有的亲人，请放下俗世里的湍急和流火
穿好衣裳，在日光下和月色交汇

最后的玫瑰被悬挂，高举泥土之根
哭过的面颊，我想擦去的

泪水中跑着灵魂。我经历了无数失眠
苔藓之中有大海及其鱼群，朝着失踪的乌云

洞彻之书

必然关闭，尔后还是敞开
习惯性的动作，每一道门都在通往
向内的，在空气中收集鱼群
大面积的咸湿和距离。向外的请记住
一匹马鬃，请给它以大漠，以刀锋和佛像

其实我了如指掌，今夜我喝的
不过是一份洞察，不要以为一个男人可以随意惆怅
他所不屑的，一般都是大多数人
一个人的气象完全取决于与他人的亮度
以及他对月光的认识，请去掉一般事物的狭窄面

为此我感到悲伤，这个词完全出于正常
这世间实可怜爱，或许唯有你暂可信任
狐狸捕捉乌鸦以后，雪山由此崩塌
兔子被人嘲笑，它发誓十年内占领绿洲和它的亲人
暂时可以的还有此时之光

三枚灯火，继续在黑夜里狂奔
此刻完全忘却相爱的，他绝对会取得欢欣
我手指撩拨的完全是假象
湿了的水，拔出玫瑰，但不要私自伤悲

自　谓

那枚硬币在地板上打转
我听到声音，可再也找不到了
这意外的失踪事件，没有范畴和氛围
日光把街道扫到树枝上
好像玻璃，坚硬、透明、布满疑云

其实这一切势在必然
没人真正感到蹊跷，迎来的和送去的
恍若一梦者，早已把自己收拾干净
包括体温。分别之泪可以养大几条金鱼
唯独匮乏的，是草原，小马驹和它的父母双亲

我自谓是个好人，可用砖头敲心
当一扇扇的门如昨日关闭
走廊正中，早就没有了胡须和嘴唇
穿红衣服的保洁大姐
一地凌乱，犹如墙壁一天之中的无数瞬间

一定要好好的，这是最后的、忠诚的脂粉
沉醉、放浪，天真的人都会暗自感喟
世上所有的相遇都是一种沉沦
念念不忘的，其实最需要针锋相对
相互疼得宽敞和完美，并且越扎越深

草　莓

看到就想到胸脯，吮吸可能是最美好的动作
人可以从大地取走，但永远不可能把自己回收
我觉得咬下就是一种败坏
必须囫囵下吞，避免甜和甜造成的伤感

草莓我很久才认识，就好像五岁对于一个男孩来说
不会因为一场嬉戏懂得爱情
最好的孩子应当永远三岁半
再超过一天，大海绝对要篡夺天空
万物只有一条出路

乌云从不认为不满是它的象征
我不在乎食物本身。如同手指并不渴望疼痛
草莓的一生是从采摘结束的
当嘴巴成为通道，肉身暂为灵魂器皿
三片绿叶逃走以后，露水刚好从鼻尖升起

如此赞美草莓其实是一种阻止

正如我在深冬之时抚摸，红和白的孤独比对

瞬间太漫长，吃是人类最糟糕的一种实践

如同草莓只是一种譬喻

她告诉我们何谓杀伤力

当她消失，另一种诞生绝密也更需要悲悯

痛之诗

不过一月，喝酒会跌倒
肉身开始败坏，茶水已经扶不起一颗心
和它绕指的根须。那天成都之夜有雨
灯火持续烧，车子在黑暗中回漂
我知道从此之后
有些东西，必须用时间埋掉
有些疼，须搭配往事，被慢慢煎熬

其实我只是一介莽夫
挥霍性情，算得上穷酸登徒子
你所看到的，全是这世界的假象
包括我，一地落叶遮盖
一栋房屋所隐藏的，只不过针尖和心脏的差距
所以我信守虚无
像那一个午后，握着的一只手
那种暖，怎么也充满暗光扶摇的纹路

好在我在变老，如一颗沙子在风中磨损

一个人被世事敲掉碎屑

成都此刻浮起的，雾霾如同京都

他们说：这是全中国的一件大事

其实我不怎么关心健康

心碎好像内战，失败和胜利

伤亡的都是自己。我时常说出另一个名字

无梦的睡眠，当我觉得有蛇缠身

刀压脖颈，也适才明白一个人竟然如此浑浊

我摸摸胸口，好像有风

向远处运送不悔、草芥、碎石，掺药的大水

春节有感

一杯酒下去，洋人的东西
确实烈。如同成都近几天的雾霾
连除夕夜都不放过
这一天灯火过于红
人在用喜庆抵抗时间

我已经不爱，过年是孩子们的事
少年时候我也曾如此
乡村逐渐消失，只要我这一代人
凭楼望远
世界上黎明最黑，父亲用来燃放鞭炮
山谷响，我捂着耳朵，跑得幽深而潦草

可现在明令禁止
我儿子也曾喜欢礼花，今年我却没给他买
我的父亲已经去世了
现在我是父亲。每逢春节我都黯然

世界如旧，个人总是迅即
这一夜我撇开晚会，集体的粉饰
有心人都应当手持杯酒，独自嗤然一笑

点一支香烟，看人生如何一节节蜕变
灰烬，多么悲悯的词
肉身是一团火焰，在尘埃中狂奔
静默者，请在除夕夜把自己仔细抚摸一遍
如水路过泥石，如风擦拭大地最皱褶的熔岩

抒 情

至少你是知道的。沧桑如此浩瀚
粗糙和皱纹遮住的
你可能没看到，时间在一个人脸上
刻下每一个生命的衰老
阵亡是迟早的事，我不是起初经受者
也肯定不是最后一个

我说的是泪水，多年不曾这般矫情
当它产生，前赴后继
这该是真的。从前我喜欢在月光下寻找柳荫
于河边说蝌蚪和青蛙的某种表现
而此刻，当我用一面镜子把你搬运到眼睑
嘴唇的红里
深藏吮吸不尽的欢愉与不安

所以我爱。人世如此仓促
"而我有你，一切犹未为晚"

手指多么贪婪

从眉毛到下巴。反复如一支蜡烛

自燃或许是残酷的，可谁可以幸免

天下心近的人都应当相互抚摸

从发丝到脚趾

从无到有。我这样说的时候如同有神

窗外无际的黑夜

一个人和他的心，灯火隐遁

写给儿子的打油诗

突如其来，这糟糕的奇迹
神意的给予。那一刻我觉得世界如此神奇
人和人，人在其中
该是多么大的一个秘密
你从产房被人抱出来，我没有惊喜
只是你的眼睛，黑黑的，看着我和陌生的墙壁
那位你叫姥姥的人
起身迎上去。我还站在玻璃跟前
向不允许我进去的走廊
某一房间张望。又半个小时
一个人躺在推车上
我接过推手，泪水绕道一个世界
终于落在她的额头上

至今我觉得惭愧，有一次我要把你从窗户扔出去
有人骂我是个狗东西！有人说我不像个当爸爸的
那一刻我确实有些恼怒

小子，哭几声可以了，那楼不是咱家的
你哭，我还要抱你
这句话很长时间作为一种武器
从你妈妈到你。开始我还百般辩解
后来只好沉默。再后来我经常把你含住
你的脚丫有奶香
小手有口水。我的胡子在你背上撒豆成兵
在你胸脯，收获草籽和高粱

这一切都在沙漠发生，它叫巴丹吉林
你的名字是我起的，一匹马最重要是蹄铁
一个人的内心，不需要戾气
但必须钢铁。更何况，从今以后
男人孤独更甚。在东方，一个家通常被强制为一个人
很多人不知，面条和蔬菜属于身体
钢索具有多面性
关于这一点我曾当着你的面
和你妈妈讨论过。我不知道你怎么想
儿子，一个人出生，就不再是单独一个
一个男人成长，向左，是整个人类的赞美
向右，是对这个世界进行仲裁

时间于你是一种滋养，于我是杀伐

成长这一门喜忧参半的功课。浑然不觉者只有你

在沙漠，你读书，开始躲在某些角落

似乎与整个社会有过节。再后来你小马驹般奔跑

每次都和一个叫王一凡的同学

小个子在人群中受欺负，大个子至少是一种威慑

有些日子我带着你去额济纳

胡杨林，居延海，我讲的故事你完全不懂

去酒泉市区，有一次坐海盗船

你笑得雷电交加，我已面如白纸

似乎从此开始，你和我，开始分阵营

我是你的敌人。你却是我的宝贝

有几次我按倒你，在你屁股上练习战争

我枪口通红，你的阵地，还要巍然屹立

有一次你看着别人喝饮料，眼露羡慕

我心疼。对你说，你老爸小时候吃一块糖

都像偷跑到了共产主义。现在，物质那么随便

你要的，除了总统、人民、地球、空气，日月星辰

差不多都能手到擒来

再说，羡慕吃，不如一个人站在山顶上

摘云彩，摸月亮。羡慕他人

最好在体内造一张梯子，把自己运送到

高贵的边疆。很多时候我和你妈妈带你去乡村

我多次对你说

本质上，你老爸我还是一个农民

你爷爷奶奶更是。他们都是从土里刨生活的人

就像这个国家大多数人的出身

令我欣慰的，是你在乡村不觉得陌生

在山坡上看流云，捉知了，看见蝴蝶就大呼小叫

晚上，你和奶奶睡在土炕上

和你叔叔的孩子们，日出摘野花

正午捉迷藏。从没有嚷嚷说：老爸老妈

农村脏乱差，咱们……还是早点回去吧

人太汹涌，未来更是

你老爸我以为最重要的

向善、合作、专向。还对你说，你生活的未来

好品质无敌。我从不希求你以官位给我脸上贴金

不要求你以钱财横行于其他人

这人间太多名利被人看守，而人不知名利无意中得来

为众人者自有功德

转眼就是2014年，你的个头几与我齐平

每次和你并肩走

我都想到咱俩该是兄弟

朋友。想到两座山，一前一后，一左一右

说到这里我忍不住泪流
父子，是这世界上依次排列的树木
我们扎根，还要拔根
根在大地深处，上演光阴之戏

在西夏王陵

或许只是一连串坟墓

王者和他的殉葬品。这一片地方过于开阔

连背后的山头都在摩挲青天

两边的杨树林足够茂密

前侧也是。起码胜过党项人的历史

这一个秃发的国家

茂盛从不是西北地区的强项

西夏依然。从盐池到兴州或兴庆府

黄河是拴在腰上的

大漠捧在手心。玉门绝不是他家的门槛

唯有萧关。李继迁

李德明、李元昊、李乾顺

发灰的名字，怀抱马蹄和火焰

还有文字和经卷。而这是一千多年后的银川

大地一如既往。一个人有时候不如一只小麻雀

用以覆盖王者的一百斤黄土

在西夏王陵我左走三步，右走三步

影子也是，然后看看天
想叹息，但没有力气；想和你说说往事
蝉鸣震地，我只好摸摸鼻尖，到那边买水喝去

宁 夏

像一只鹰，一只大雁

一个独舞的男人。整个宁夏恰如其名

黄沙作为外衣，大河穿心洗骨

在银川我总是潮湿的

一百颗红枸杞

羊肉的多种做法

就好像，一个人一个脾性

一个人一种看我的

深黑和幽蓝。可惜我只是稍待几天

在沙湖看到贺兰山，于西夏王陵感觉时间洞穿

亲爱的朋友总是美好，亲爱的大街上

尘土之中的水腥味。楼下的商铺被柳枝挤满

夜里我呼吸干净

不做梦，可总觉得有些往事

在窗外翻跶。有些刀尖入水的贴切

有些风专抚额头。当我睡下，醒来的银川日光爆满

身体内总有一种味道

灵魂站在草尖上。也总有那么样的一个人
笑或者不笑，就那么随意地发出一声呼喊

卷三

早晨最清醒

睁开眼睛可以想清一些事情
旁边的人也不在意，波澜不惊
睡下时心里跳着一段缰绳
和它能够拢住的骏马
还有一千个沙子，吹动它们的
风打着呼哨。如同尘世和弄脏它的人
小朝廷和它何去何从的子民

鸟儿鸣叫，耳膜受惊
昨日完全没必要
对一个人，说和不说什么
做和不做的。都没有一口呼吸的重量
早晨如此清醒
用一小根黑发，暴君般捆绑眼睛
一个人完全可以落身成庙
也可以手捧雾霾，不奢求雨水与夜灯

这世界原本虚空

幡悟时需要修补梦境

浑浊才是真相，不看清方为英雄

一个人需要把自己从床上拯救到闹市中心

需要十张叶片在掌心变黄

再以石头点火。一夜之后还能与早晨谋面

多么荣幸！一个人少有一个人等

一切如旧又一切皆非

你所要做的，再次穿上昨天的衣装

洗掉睡眠中积攒的灰尘，只要一把清水

写在情人节

天色昏，一切向晚
海棠独巍巍。对于春草来说
蜡梅之香，方可引为知己
风落单。人只想着如何路过
油菜花开在河边
一个少年和他的伙伴
少女和她的粉红色羽绒服

不适合爱情，这个春天绿树有爱
云朵与雾霾交合
好地方总是被人占据
午餐饮酒的人，他看到一列火车
万物缄默，此刻无人孤独

好事者，满大街的玫瑰
不及其余。一杯红茶可以抵达的
两颗心可以解决的

好在这一天即将过去
一年一年此一时刻，蝴蝶扇动
但凡庸俗的可镌刻金身，亦可常付流水

雾霾天独自饮茶

雾霾天喝茶，水显然主题
为独坐，需先把整个世界哄睡
孩子们看电视。非洲丛林的大象和鳄鱼
凶猛之物，庞大的未必残酷
如这春天之河流，多么宽阔的舌头
不时看看窗外，车辆如奔逃
人类以离散为主题
且用一行汉字，并帕斯捷尔纳克一首诗
"博大如一座花园，但本性
却更像一个妹妹。另一面镜子。"
说的是我吗？自恋多情的人当在此停顿
放下茶杯，心向远处
身不动。生如囚居，雾霾之下众生狼行兔奔
如我长期莫名之慵倦
冲洗繁星之空，须常以茶水和蜂蜜之身

海　棠

早春二月冷。一个人不谈爱情
海棠的核心内容，是抬头看不到青天
雾霾包庇太多英雄
我在小区抬头，你在河边折柳
海棠花开，傻瓜们弃车步行，耳朵跑风

此刻城西有雨，城东哗哗有声
海棠微笑，好像体内有人敲钟
一个人喜欢沾花，不代表所有人都热爱澄明
单薄的孩子在田野落泪
闹市区从来清净，只是海棠不解风情

百分之八十可以，剩下的是海棠和她猎获的
寂寞越坐越重。气氛沉闷啊，一群青草也位列其中
手拿水管的清洁工人连打喷嚏
人类感冒了，海棠在空中鲜红

我究竟是怎样一个人
当灯火群起，袭击夜晚和它的群众
城市开始内讧。可海棠她怎么可以动情

伤别离

往行不再看云。我曾经那么懦弱
把木瓜当作木头
槟榔别有用心。澜沧江水位低了
临河的人经风一吹。在黑夜出没之妖精
酒水不胜其烦
雨小多好，抱着亲爱的腰肢
我绝无仅有的短暂之幸
没有尽头，比得过菠萝和蜂蜜

有些夜晚你我向佛而睡
不曾烂醉。花朵开过，只是花蕊
一滴水被雾化，为何如此充沛？
只是我有病体，此前胡乱吃药
妄想连同世界一起治愈
偶尔不适好像身体内部的敌人
它们糟糕，围剿我与星空芭蕉
满山翠草额头相抵，还有放声一笑

返回多么艰难，飞机逃离之姿

犹如我在夜晚伫立。满大街的女子鲜艳不已

众目睽睽。一个人总是按揭恩惠

紫月只照片隅

在你眼里。转身大河我不再嗟叹年华

只担心自己的愚蠢

长期以来，夜半总是雷雨

内心颠沛流离，一万朵火苗鱼贯天际

送岳父母返甘肃

到月台，我才开始流泪
一别又是一秋，自古长风
人间何苦，秋无尽。雨水浸门槛
风雪压梁头。五年前我没了亲生父亲
这世上唯一可让我喊爹的人
到现在我栏杆拍遍，悲伤无人收

人何卑微，历来都是王侯将相
草民前后不留。我安于此道，每一个头插草芥的人
时常与泥水同流。即使夜半楼头
这个春节我正式四十岁
和你灯下饮酒，胡子白了，腰身也伛偻
你是我妻子的父亲
可我从没叫"岳父"，只是喊父亲

正如岳母所说，能生下玉娟就能生下你
不忍听，只是伤心

人生何其短。当年我也在西北

风沙如洗，烈日裂前额

梦想照沟渠。谁活得都不易

绿叶从来只是一片，荒草在戈壁边缘苍凉如洗

众生多数悲苦，幸福只是几个人围在一起

吃凉菜，喝烧酒，手抓羊肉

只是躺在夜晚的风中

抚摸潜逃之月，用清水把自己身心湿透

这世界多么孤单？这么多年你我相抵胸口

此一别，必定又一春

我们喝了五斤酒，每次我都想痛哭

世上贴心之人何其少

岳父大人！送你上车时候，我嘴唇紧绷

下到月台，才知道有些泪水不可内流

我拍拍你后背，大地都把自己搬到你脸上来了

上帝太用心，千回百转，把你我捏成了这样的亲人

寄 远

可以用三根手指
一双手显然多余。亲爱的人请在此刻想我
我之忧郁巨石横陈，总认为人生多数悲苦
幸福只是抱住的瞬间

那些日子果实满树
蚂蚁们沿土开路，最可爱的该是夜晚
紫月临河，涟漪笼络鱼儿
那种拥抱避开灯火。天地之大两颗心可以横渡
浩瀚人生而美好张口可数

此一去数天，总是落日楼头
有些事情错得好梦难圆，恰如飞鸿断雁
河边海棠成堆，和泥沙一起去远的
远处之远。在这晦暗之夜
此刻安好之人，疼痛不干疾病
早春之城人声渐稀，蜡梅临河装醉

蜡　梅

河边有人散步，怀春的皱纹
有一群女子终生不嫁
可这时代已经找不到不娶的男人
蜡梅似有所觉，一条鲫鱼正在上钩
好久不见太阳了，我和满腹怨气的灰尘

蜡梅是一生中寻常之物
浅薄者才会赞美。一个中年人心有芳香
这足够幸运。警报声能不能再小一点
蜡梅抱着蜡梅，心有一万种狂奔
入夜寻爱的蝙蝠，正在大面积获得人心

早春充满隐晦，经常抚摸自己孩子的人
蜡梅张开，想这世界还可以沉醉
只是月光不肯。正在消失的山野
头顶虚假之黄金，蜡梅盛开是为了遁逃
和所有命名为花朵的事物

正在叹息的人，可以保持距离

河边多的是野猫，它们的声音好像春雷
蜡梅感到惭愧，正如它的蕊里
一边藏着安静之崩溃
转身是此刻之美；在另一边
风和蜡梅忘情，而夜晚适合厉兵秣马
请告诉正在研磨洗心的人，尽可能省略斗篷和雨衣

雾霾稍退后饮茶小记

雾霾稍显仁慈，去喝茶
以示庆祝。可茶中已无日月
青天及其隐喻
也早被时代解除。一个穿街走巷的小俗人
吃自家的饭菜，操世界人民的心
且饮一杯，茶里面的山野
江河水。茶里的农药、草芥和灰尘
采它们的手指，好像还在掐我的嘴唇

要说可爱的侍茶小妹
好久了，人和人简单又玄妙
她们漂亮，难敌我没半点想法
如同围困中国的雾霾。人人要富
可三十年了，很多人还是月照锅盖
清水米粒煮白菜
破帽遮颜的，闹市中也都是一堆空碗

且不管。再喝一盏茶，春天不是某些自然特征
而是整个灵魂发热
大地是多么好的一件东西
紧接着又下起了雨
雨也是好东西，可以进入肉身
还连着天地，再恶劣的人间
也都是人。天色向晚，我不得不离开座位

玉兰花

只能说太有高度了。春天横渡
还能说，亭亭玉立
不屑与规矩为伍。玉兰花散开
宛如爱情及其谜底。当然也可视为勾引
天太高，如今人间不唯淤泥
心神无疆者，请准备美酒、锦裘、玉枕

不需要暗示，问答是良宵最愚蠢的行为
如我仰望时踩住的十多根青草
一个人爱花说明他活得还足够原汁原味
这世间多苦啊，玉兰花是生命万千悲悯之间
从皮肉径直进入灵魂的激烈和热忱

玉兰浅笑，如此美景当放下满腹心机
简单才是万物之心。玉兰独居
也合群。长裙作为装饰，颜色只是搭配
所有的高处都是警示

唯有此刻我在。玉兰花自觉芳香
那是我流窜的嗅觉，低头时候的窃喜和自卑

旧T恤

去年买的T恤，旧了
时间也旧了。心是另一种脱皮的植物
一些日子洗掉东门外的旅客
一些人走掉，西门以远，落红之素

因此我说此时代不过半张纸
亦不过额头一滴水。如此刻我脱下旧T恤
扔掉当然可惜
不扔掉又能如何
今晚少有的火烧云
开车的人丢了盔甲
光腿的人，秋天来了，跟往事一起回家吧

孤独显然成为课题
对于活着，个人都是乏力的徒步者
没人和你扎堆，侥幸凑在一起的
当然很幸运。但不可说三道四

夜色如此浓重
轻咳的路人。我把旧T恤挂出去
尽管它算得上一面旗，但请勿当作路标

正午的三角梅

接地也很辽阔。一个人站着
不如一群人相互簇拥。绿叶子是从众的
向下找到慈悲，根早被当代
阉割了。作为一种花，三角梅和成都
以远的那些，本质上是远方表亲

三角梅发紫，四周都是幽暗的封存
我在藤下仰望，看见花朵背部的斜光
和皱纹。一件事物不放纵欲望
并不珍贵。一种花不让人想入非非
不见得多么纯粹
正午的三角梅，一个年头开那么多回
一个人看得多了
来来往往，那么多不尽心的灵魂
不同于三角梅，也不同于这正午的乌云

街边小憩有感

隔着玻璃看，世界只是一些姿势
动作是自己的
你坐在里面，安静或喧哗
没有谁认识你
你也不需要
人太多，偶然的相遇空空如舌

这就是活着，同在的最远
念想远处的某一个，甚至七八个
才不觉得筷子是可以成双的
汤勺是会游泳的
外面的几个人并肩
或者相互抱着。与你无关的不止这些

还有那挥之不去的
一个人于闹市，是满天空当中
一颗雷霆的孤独；一群灯火的排斥自我

正好有一面镜子，除了背后的
对面的，吃饭的七零八落
蜜语的隔桌自问
你只有起身，出门的那一刻
哦，人间，怎么会有那么多的放逐者

赋新年

肯定还要继续。其实这句话
最好是：蜡梅花之后
海棠有它们的意义
你和我一如往年。河水准时淹没土地
玉米和大米
黄豆准备它北方的炕头
莴苣有帽子，草莓抵达天空之心

光阴总像一把小刀
一杆木槌。冷热都是个人的
冷了的，看看手心，总有一条蹊径
与大海暧昧。热了的，可以靠近崖壁
已经逃逸的星空
即使一个人仰望也不感到卑微

别总是手握愤怒，一个国家被雾霾洗髓
忧患聊等于无。油菜花抢着发言

蜜蜂总在结队私奔。可这又是一年的开首部分
时间好似仇敌，也是最亲的人
就好像：芊芊玉指被从良的盗贼抓紧
此时的街道上，车辆拼命咬住清水

重霾时代

吸入和吐出的，都是生活
和它的霾。毒品从来不是免费的
就像一根针的穿越
一枚苹果的涅槃。这年代不需要泥水铺地
更不需要头插草芥

我只是需要你！同在这个词看起来平淡
但实在。人生本来自作自受
肉体循环的，一头是烟火，一头是废铁
折中才是最好的
如小麻雀和它们门前的荆棘
汽车和轮胎。手机已经攻占了人类的巢穴

唯有此时我在。雾霾早已见怪不怪
蒙难作为一种日常
我们都在凌迟。这当然可以继续引申
一个地方的人群，一个世界的人类

所幸大家浑然不觉

甚至幸福。所幸我还能半夜惊醒

所幸我们都活在重霾时代

最紧张的该是我：近处看不清

你的任何动作。远了，反而自由而贴切

长时间的不安啊

忖度恼人。唯有一些汉字聊以过滤

内心柔软部位的杂质，和你大肆挥霍时光的额头

鼻尖经常出汗的人

即便心有惊雷，建议你也要幸福地把嘴唇咬出血

郊外篝火记

燃料从来不缺，但不只有木柴
树叶归于人类吗？纸屑始终心藏隐秘
作为愤怒的一种形式
在这样的年代，点一堆篝火其实不难
难的是，如何合理置换，让它们火星四溅

这一天我在城外，落叶提示另一种荒芜
群树有些早夭
树枝太多了，但可以从中辨出你我
他在那边奋力折断
一群女人玩手机。围巾以及它所能包裹的

众生皆如此。干透了的事物
形状最美，它们的脆弱、易燃，完全可以隐喻
更庞大的东西
风吹有声的，是自然行为
有声而薄脆的，总那么堂皇

吃力，只要我手指按下。燃烧不只是一种结果
灰烬大都是五角形的
落在潭水里或许会变蔚蓝

好在我不想引火烧身，火焰太热烈了
天空晦暗，诸多下落不明
慢慢的热来自大地，万物生灵如此慷慨
可我担心，火焰会失控
儿子说他是小屁孩
先来。一种水出自人体
我再来。太暴虐的东西肯定短暂
太红的事物，也最怕沦为一团漆黑

蜀中牡丹

可以再妖冶一些，富贵只是夜间的事
这样说正中时代本质
彭州算是兵戎之地。牡丹下嫁
不是贪恋凡尘。丹景山一川好风
草木葳蕤，蝴蝶和雨滴
跳舞的不止翠鸟。我俯身其中一朵
香味四溅，花瓣上一些痕迹
肯定是嫦娥的，也必然是历代贵妃和陆游的
而今，她是我的
我坐下来，仰起脸
哦，这么不好看的一个男人
在牡丹花下，怎么也如此雍容富贵
怎么会有两颗泪滴，内心也如叶下泥土湿意溃散了

彭州之夜

一个人喝酒，绝对独夫民贼
更多诗人一起，可谓李白之异姓兄弟
酒向来热爱肉身
推杯换盏，好像整个彭州都在掌中
似乎整个成都盆地及其周边
都入胃中以后，对面的女子花瓣带露
她们笑，小嘴和红晕
酒窝也好像眼眸。没醉的人
推开灯火，微醺的，彭州之夜空气湿滑
远处人家七情六欲
那在龙兴寺独自吃茶的
空无之境。当我用清水刮下有生而来的不洁
彭州夜里显然有一群星星
当我睡下，彭州之夜轻若掌心
我显然醉了，也显然与彭州寸寸体贴了

白鹿山中

可以有一头小毛驴，马属于骑士
年少时我梦想横刀江湖
侠客自身也不公。煌煌王朝都如草木
夕阳残照。因此我应当
荷锄与溪水结发为夫妻，和三株红枫烂醉如泥
这一想法在内心火焰多年
世界太大了，我只渴望占据隐居之要津
桃花小渡口。如此乍入白鹿山间
绿树高坡勾肩搭背，天空之蓝，蓝到现世尘埃之外
数只流云，茂林修竹
我想我可以留下，可以用茅庐抵御
山外人间诸多寒冷
日月照心，手捧卵石和杜鹃
即使孤独如空谷鸟鸣
即使梦中也找不到木刀和水井

领报修院

他太单薄，神意何其广阔
1895年，一个人携带整个大洋之外
那时候中国有些晦暗。成都以北山地
尚不知道洪传广
他暗中修建，大理石在草叶上
斧凿于流水潜藏。一群人和一个人
他们所做的，是陌生之地的神□隆起
当然，神在天上
在灵魂。神以为自己生来就是神
以人传道，众人为羔羊
圣洁从来都是孤独的
一百年后我第一次瞻仰
彭州之地春意正好，白鹿山中往事浩荡
盛大的殿宇之中，一个凡夫俗子心怀烦琐
与苍凉，我感恩，都源于受洗的近七十岁老娘
左看右看，伴作信徒
我知道自己被笼罩了。每个人都有一座教堂

日光如圣卷散开
教义如此宁静，还铮铮作响

洗　澡

十岁以前，我带他洗澡
"你的这么大，我的为啥这么小?"
我给他擦身子，那股青草香
洗头发，他哇哇叫
十三岁这年春天，他说："爸爸，我自己洗。"
我笑笑。水声响亮啊
我在玩电脑。"爸爸，替我拧一下毛巾吧!"
确实长大了，个子比我还高
我再笑笑，心里想，一个男人
活着，就像这浸满水的毛巾
越拧越小。"竟然也有了绒毛!"
我怔在当地
忽然想放声号啕

野外有大安静

且不说春光。在城市久了
到处都硬。硬硬的硬，钻心疼的硬
硬是当代人的宿命
野外远。即使枇杷树于窗外咳嗽不停
玉兰在午夜修炼妖精
鸟鸣总像梦境和它补漏的铁钉

很久了，这硬，肉身是自己的牢笼
精神困厄，不亚于三十六手捕风
几公里的水泥路
几十年的轮胎与街灯。迎面的绿
还有红。低到头顶的草，小花手摇清风

野外之野，在于它敢于不从
与人列疆而治，就像我扎入以后的落叶脆响

野外有大安静，似乎生命前一刻成形

树干黑，泥土粘肉
绿叶遮蔽的天空，云朵好像前世胎衣
此生第一次遭遇爱情。头顶怎么那样红
我爬上去，烧灼的红枫
心有旷野的人当大笑三声
更应心藏清水与芳草，以野外的大安静

生日帖

迥然于帝王戏，但肯定是草民史

那一夜横在黎明

土坑和油灯，一个人的疼

持续我一生。那个妇女，乡村笼罩

一个男孩哭。这世界照样文攻武斗

一个国家和她的人民

哪会在乎一个人的生与不生

这就是宿命，成长是一笔糊涂账

两三个春秋和大雁的阴影

男孩善于恬不知耻。光着的身体挂满原罪

某天夜里我忽然惊醒

那股腥味至今呛得人发晕

一个男人由此长成。一个人生至此雾霭缠身

大雪还未及肩，我已经逃逸西北

瀚海之大，数沙子的不是诗人

一定就是醉鬼。天和地，苍茫的兔死狐悲
多少次我明月磨刀，反转向自己的灵魂
很多时候我夜不成寐
反复寻找一颗心。所谓的青春
岩石上的水滴和黄尘，还有蝎子的尾针

所幸我此生有幸，所幸另一个女人
她和我母亲。一个困厄过的男人心有疆场
一个男人梦想骏马狂奔
有一天我只身去京，众人已经不再和他人相亲
一个时代好像一块生铁
他自身和如我的人，更多的却是装饰品

再些年我心有暮年
只是不愿意承认。肉体发皱
如同大多数人的灵魂。每一年我都在这一天
想起自己的母亲。每一次生日都不由得心生悲悯
为正在写诗的这个人
也为我已经去世的父亲
一个男人没有理由。庆祝生日实在愚蠢
如我此一刻，点一支香烟
并用它来瞄准：春天的花草在鸟鸣里成批倒退
日光以人为背景，猎杀汹涌的人群与光阴

剑门关前

我是第一次。历史空旷得

一眼望不到边。剑门之外是长安

还有中原、河东和幽燕。只怪李白太嚣张，一阕

　《蜀道难》

解决了所有诗人的问题。陆游也是

一片细雨，一头毛驴，旅途的事由此漫漶

最可怕的是刘邦

入川避难还带着小老婆

我要是项羽，肯定从背后给他一剑

此后的蜀道便没有了英雄

只有贵妃和荔枝，茶叶当然也算

刘湘的川军虽然有些勉强

但还是从蜀道出。生还是命运的事

往事扎在全人类的心尖

哎呀，站在剑门关前，我一会儿仰头

一会儿看地面。忽然觉得，蜀道在突发的暴雨中
纵身狂奔，又在一片烈日下苍翠万山
我戴好墨镜，只见一队骡马站在远遁的乌云上面

蜀　道

在我之前，入川和出川都是一件难事
斑鸠围着幺妹儿后院的粮仓
稻田里好像有蛇。鱼和蟾蜍常常混淆
君自长安来，应知皇家事
李隆基还活着吗
李德裕当过剑南节度使
前朝的贵妃，其实没在马嵬坡上吊
是啊……这道上走过的人多了
没留下姓名的，不是被雨水吸纳了
就是被草叶擦掉了
一条路延续太久。过客蜂拥而至
可我还是相信，所有由此进出巴蜀的
风和政治，军事与商业
民间的最长久
也可靠。我甚至觉得，此刻我在蜀道上走了一个下午
相当于一块石头回到了台阶
一滴水嵌入灰瓦，一条路植入时间掌心

新丽人行

所谓花朵，善于自毁者也。女人自古手指带粉
香是身体的。花翎插在古代
睫毛闪在今朝。此刻有一枚倩影
背对某一个男的
这再正常不过。展开当然要舍弃
收拢肯定只有你感觉到

当然是人人之源
英雄和草寇，帝王将相也都是咱家的
草民自不必说
她们还没出生，就注定是母亲
姐妹也由一根血线连着
哪怕是被强暴的
自甘为娼的。女性是男人的生与死
软黄金，小棉袄。大老虎只是不中听的譬喻

但还是欢喜着！无论爱与恨，都是女人引发的

这柔软的弓箭，无法摧毁的盾牌

女人们三月桃红，四月挂果，六月河边浣衣

八月遍地，香味穿破十万盔甲

一声呻唤相当于一颗雷霆

哎呀，哪些人在暴风雪中以身为碑

哪些人誓死捍卫，哪些人于山冈惊魂夜奔

这就是女人。骑士总是头顶红缨

战场上也要有婴儿啼哭。如今的天空尽管雾霾

可遍地都是小腰肢，长白腿

小嘴红红的。人和人，而人人。人人又只有二人。

此刻我被一群花朵围困。女人最轻

也最重，有时候发嗲，有时候沉闷

但总是母亲、爱人和姐妹，层出不穷啊你们女人

在竹卡仰望星空

迫使我静下来的，不是澜沧江水
两山之间最好屏住呼吸
星空迫近。一个人该有一副弓箭
还需要一张马背。如一粒光照从尘埃逃脱
如一颗心在空中感喟
浩大的都是虚无，身在的如此厚实
风抚摸鼻翼的那一刻
横断山脉自帕米尔发出叹息
所有在此刻看到星空的，可以佯作小神
就像你的手探入骨髓
群星向来不缺妹妹。我和黑夜一起拔剑四顾
宽阔的峡谷，大片的寂静正在赶制酒杯

雍布拉康

"没有重复的，也没有你的！"
说这话的人
有着香烛舌头
壁画胸腔。藏南沃野日光浓烈
荒山如此众多
空，且大。这是早晨
租马的妇女，尚未聚集的车辆
我骑一位老人
黑色儿马。从下向上不是仰望
柏香高炉、转经筒
旗杆上的经幡。宫殿阴凉
神是另一界的事物
在雍布拉康，宗教即梦想
人为自己造像。我抬脚出门
如此幽蓝的天空
如在眉睫
一阵风包含尘土

此刻的雍布拉康，和一个猎奇者
互不挽留，也互不相伤

山　南

日光下的城市，人类的建筑和商品

白云如经卷沉默

四周山上尽是沙砾，骑马向南的藏族妇女

风中的经筒

孩子在荒野的草茎上奔波

如此安详的生命场景

与持久等量

下午时分，我在一所大院内

嗅到浓郁的孤单味道

几台人类的汽车那么放肆

把尘土全部纳入

只有夜里，上弦月干净，抚摸我空旷的肩膀

由错那县城入勒布沟

雨下来的时候，错那县城正在荒芜中
念想一棵树。向勒布沟路上
积雪在高处俯瞰这潦草的世界
我和司机小张，从一道山岗
到另一道沟谷。如此环绕似乎被风
吹动的经筒。路遇的只有冷
几辆卡车气喘吁吁
心在陡坡和悬崖边上
杜鹃盛开。勒布沟内经幡不动
雨中的仓央嘉措故居之外
有三座牧民房子，一边河滩中十台挖掘机
我默念一声：最美情郎已在天上
旧石房屋只是一个人
在尘世的肉身印记。再向前依旧是峡谷
从天空流泻的白水
它的道路葱茏，而且自带声音
一只灰鸟飞临它荆棘的家门

这条路峰回路转，勒乡似乎渐缓的岛屿

房屋在绿草和泥浆中

我下车，雨水越来越漫无边际

勒布沟

在勒布沟，雨有些骄傲
大雾席卷现实。人生太坑洼不平了
如这谷中岁月浸泡的巨石
森林掠夺苔藓，杜鹃只剩下颜色
黄和红，硕大得无法理解

来自天庭的水必须借助大地的温度
孤独是喧哗的另一种托词
荆棘丛中该有兔鼠。小牦牛从不成群结对
无鞍的马浑身都是珍珠

沿途的房屋都是石头的
哈达和经幡，信仰可能是最温暖的事物
那个在泥泞中扛铁锹的门巴人
脸色黑红，皱纹和往事都来得太早

我不过一个过客。勒布沟遍布流走与存在

汽车是其中最自由的工具
河水在深夜携带鸟鸣，此刻失眠的人
旅途渐渐加深，如同露珠于黎明之轻声呼喝

旺 东

喊你小名，也要说：大雾不是平地生成
而是兵团式奔袭
太宗山以上，积雪不讲究轮回
日月被星辰裹挟
隐没的天空，好像久违了的谶语

生命就是一场一场的大雾
如在旺东，没人能够真切看到谷底
也没有人在雾中揣测神祇
最自在的应是不期而至的雪粒
敲中眉心的那些，骨头叮当，干脆而婉约

从这边过去，峡谷敞开，一道白水向下
山背后是印度，麦克马洪线只是一种地理
世上的人，如这繁华草木

硕大的杜鹃有些开始衰败

哦，落红，在旺东，沙昌多果山下

森林暗中喧哗，一只布谷鸟曲线飞过

山间落红

足够了，与积雪对应的杜鹃
盛开之后，雪在一个季节慢慢上升
一株树以众花的形式
卷云重来。有人在山巅与虚空结盟
落下是一种覆盖
红，杜鹃是自得其心的艳丽英雄

其实就是一次开放，杜鹃庞大而幽冷
在西藏，她们与群山之下的同名者
不同族类。最高的美总是孤独的
红也是一种宿命
似乎一簇簇火焰，把世俗及其爱情烧疼

掉下来了！凌乱且充满光明
尽管谁也无法逃脱
内心的凋零。我在山间偶然看到
红，再温和的泥土也不足以

一个人于寒冷和大雾之中

遭遇这一地的红，怜爱之余

也请允许我怀抱胸口，抬头悲切三声

夜听涛声

亦是如此。夜晚比白昼更具神秘主义
桑多洛河之水显然来自阔大的细部
在高处它们善于团结
但不得不面对消失。这种汇集体现的是
事物本身的变化及其再生能力

2014年5月此时，我在勒乡度过五个夜晚
涛声自谷底攀缘，回响如纤指叩骨
亦像逃跑的时间雷声持续
此外一切寂静，不知名的鸟鸣作为
一种存在。太结实的人间有太多的不可及

譬如一位喇嘛渐行渐远
一大片松树在雾中结对登高
桑多洛河前后连贯，其实她在独自奔跑
我在夜晚听到，河水滔滔只有巨石和悬崖
泥沙如尘世之众生

所有企图以梦构筑宫阙的人
万世悲悯，请在夜晚的西藏默诵水之箴言

娘姆江曲

可以从一片草甸接近，一株格桑花缝隙
逐渐扩大。娘姆江曲是一条界河
两边都是山。人总是互怀敌意
河流这方面做得最好，从来有迹可寻
曲折是共同宿命
只是速度和加速度，流向简单

我在金布山看到，巍峨不可及者
都是神灵。唯有河流携带声响
从来处来，到去处去。足够湍急的
除了事物本身，还有那些被途经的
一些杜鹃沿河而居
红的红，白的白，最隐忍的当属红豆杉

可能还有泥沙。必须之物
每一种存在都是痕迹。河流常被转换为一种象征
懒散的牦牛赶赴

山羊见人就跑，所有以水为生的
还有苔藓，请在河流沿线抱紧时间本身

甲曲河

该是无根的，源头来自侧翼
途经三林乡时候，我给一个藏族小男孩
买了一瓶饮料。他和牦牛
住在长荆棘的坡上。一位脸色黑红
眼睛若宝石的年轻妇女
肯定做了母亲。她看我的神情
如我一路追随的甲曲河，多好的名字

河水稍微混浊，还有鱼和草芥
这些急于奔命的事物。这些情景不可虚拟
两边山峰相互挤压
杜鹃盛开，稀疏的针叶林
车到一面墓碑
我掏出香烟，酒濡湿1984年的水泥
命运秘而不宣，大地好像只是一个容器

再向前河水泱泱，水声把自己敲疼

山峰怒不可遏，向上是一种速度

更是海拔。甲曲河不仅是流向

那在密林中窥视的人

那些危石和悬崖。一夜我都被涛声缠紧

晨起呼吸鸟鸣，甲曲河似乎又经世三百回合

陇

奇怪的地名，在西藏山南隆子县
陇是甲曲河一块庞大骨头
血肉的密林，大雾，还有黄毛猴子
小浣熊，渔猎的珞巴人出没
山岳如此巍峨。陇沿甲曲河向下
是无人区。陇在中国是一个莫名的存在

我第一次来，陇于我陌生
在甲曲河周围，所有的生长都卓有成效
最喜欢的还是毛竹，落叶乔木
松树作为一种奢侈信念
青和绿，与眼睛一拍即合
如果不是路途凶险，陇就是一瓣滴水莲花

亦与世无争。所有的罪过都是人
如我这些自命不凡的家伙
在陇，雨总是晨落，中午闭门谢客

更多的动物在雪线以下
世代袭居，高海拔的都仁错康
足够自在了，但与神的距离还差三个厘米

途经雅鲁藏布江右岸

两边的荒芜，揭示风在西藏的另一种力度和作为
高处的江河来自更高
雪是天堂给予群山之物质盛宴
庞大的事物总被列为象征
雅鲁藏布江是众人所能触摸的
缓缓移动，在拉萨，一条江宽过无际

而且唯一。右岸的柳树遮住部分
目击者觉得悲伤的地方。跑云朵的天空
万神聚集。这个世界只有伟大的地理
信仰只是现实主义黑夜里
擦不着的火柴。连续的马兰花赶赴黄沙
它们看到蜥蜴，把麻雀放在手掌

尽管庞大、不息，但还是有些孤独
冷和热同样，雅鲁藏布江让我看到的
是一根无际的绳索

拉萨之夜，我在梦中扶起滔滔流年
群星以水为世事清洗悲愁，罔顾万头攒动的世俗生活

拉 萨

一个陌生人闯入意味着
缺氧、失眠、嘴唇开裂。疼是生理之世俗反映
2014年5月24日。我从山南来到金珠西路
自感如一只雪猪，惊慌如首次面对
高海拔之人类世界。往住处走的时候
尘土昂扬。我四下张望。感觉拉萨似乎一块沙土地上
竖起的一块宽石，人搭起帐篷，生火煮肉
牛羊在拉萨河畔偶尔叫唤
牲畜仰望的，安身立命之外
还有活下去和活得好一些

哲蚌寺

可以把手伸出去，帽子早就摘下了
寺庙里的味道显然是尘世的。佛家原本俗身
最可爱的该是那一些密宗大师
香烛烧、藏香香。从这里到那里
全是信仰的幽暗通道。磕长头的男人脸色黑灰
女人站起时的眼睛看我
和我们这些游人。出门时候我心情发沉
又忍不住笑出声来
站在主殿以外的广场
庞大的哲蚌寺，金顶明亮
穿红衣的喇嘛点头微笑
我也笑笑。下山路上我再一次回头
哲蚌寺，一座人类的建筑，时间及其收容物
幽秘、沉默、昂扬，兀自向上

布达拉宫

只见其在。越走越高是西藏的一种习惯
我从外围看到。想起此前去过的太宗山与都仁错康
自然之存在总是突出人类
包括他们的灵魂
进门向上，宫殿缓慢上升
如一个人由世俗挣脱
一具肉身逐渐脱离尘埃
我是分批参观者之一
众人仰望是一种自发的群体行为
最初的建筑者仍旧在某处安详，在宫中
被尊崇
孤单一人算不得朝圣
在宫顶我气喘吁吁，满目佛陀
导游在讲他们的由来。我从宫后下山
正午的拉萨空旷，行人口衔日光，不慌不忙

兰 州

一下飞机就嗅到了
有人用羊角磨刀；有人浑水找鱼
有人口溅酒水。牛肉面早餐
再加花生米，拍黄瓜。羊肉是午餐的事

接下来的河，黄，疑似大地骨血
坐在河边必须诵诗
或者弹琴。白塔山上槐树居多
皋兰可骑马。有一年我在三台阁敲钟
命运轰响。整个兰州失魂落魄

最好的该数与你同在
对于青春来说，酒是最好的风衣和角铁
东方红广场夜间繁闹
面孔都是生硬的。几盏灯火背影
几辆不拐弯的汽车。睡下之后才忽然明白
所谓的兰州不过半艘船舶

也不过三只风筝，在天空找到历史
和星子的包裹。阔别止于念想
几年后我再来到
中川机场寥落，一个人和他儿子
穿城而过，惊动的，只是2014年初夏
蹲在尘土里的半盏清茶，黄河依旧烟叶声色

夜过河西走廊

走着走着就黑了。人生若此
世事亦然。邻铺的母女一看我就笑
儿子是主要的
父子俩说话，五子棋我不会
象棋更不行。他无聊
再看书。对话忽略时间，罔顾一切
该是乌鞘岭了。夜色是一把匕首

生命时刻被杀戮。行进也是倒退
到武威南，天就黑透了
依稀可以看见铜奔马。海藏寺钟声
想当年我也在凉州浪过
学唐朝人走路，还想有一把剑
一壶好酒，"十步杀一人，千里不留行。"

接下来的金昌，好似兜里一枚硬币
上面有祖国。大戈壁之后，灯火面若土色

山丹：匈奴和他们的阏氏

近铁路的草根下有血

张掖如那尊睡下的大佛

无人惊醒的黑河桥头

玉米吐缨，临泽小枣花正开了

只是宛如小米粒。左边祁连山

积雪闷声撒娇。高台我只能想起西路军

曾看到过董振堂将军

照片的头颅。大凡英雄多以悲剧告终

祭奠他们的只有一河卵石

一面墓碑。这对清水镇来说等于心跳

唐后期，帝国在此与吐蕃签约

现在有一条铁路，斜刺巴丹吉林沙漠

酒泉我有些犹疑，西大街逗留太多

吃饭喝酒好像前一刻

我和你的事。尊敬的土著们与我说话不多

最好的当属湘菜馆了

前些年鼓楼四周。新城区去得甚少

我知道我只是一名过客

不骑马，坐火车，不闻羌笛

一如2014年此夜，满天空的胡笳和车辙

果　园

更多的是放逐。谁见过一群女子
集体呜咽？绿色是这世上煨心的药
夜间洗衣的人，总有一次遭遇闪电
没有花朵的生活堪比受难
果园是一次隆重集会
拿铁锄的，请给果实以红晕和木铲

果园一生所爱。夜半赶路的骑士
不忍卸下他的马鞍。三月里雪花照月
爱恨被风埋汰，最好的时光不是河边寻旧
置一张枣木书桌
三杯好茶，知己零落
半空一声鸟鸣，起身桃花兀自烧灼

四月最简单，果实揭竿而起
这些歪瓜裂枣
典型非暴力主义者

杏子最优雅，桃子紧跟西瓜

八月里众生安恬，玉米咬牙切齿

叶子们提前倒卖光

果园盛大且卑微，所有伤春悲秋的人

请系好风衣，扛起梯子，攥好草筐和镰刀

野　花

前世叫神，今生勉强做花
而且在野外。世界上很多事无人看管
野花算是其中最放肆的
她们用寂静架空
人总是将花纳入赞美，其实如草

在一个早晨骑马路过
或者开车邂逅。野花在露水中花容失色
最好的风也如她的舌头
野花孟浪，她开着，然后袖手游走

我不是其中之一。野花自我嘈杂
也可以称之为喧哗
每一个生灵都有自己的宫殿
错误的时候，是傍晚咳嗽的人
羞愧于寺庙钟声。野花于此时代
捉襟见肘，她们是心怀空谷的书生和妖孽

近沙漠

芦苇可以掩盖往事失踪的事实
你也可以。十八年足够买一艘船舶
巴丹吉林瀚海泽卤
骑马的唐僧，弱水河爱不上半斤鸿毛
万顷黄沙以下，额济纳深陷历史
唐时叫作合罗川
王维说："大漠孤烟直，长河落日圆。"

当然还有汉武帝，卫青。李陵最孤绝
路博德修完烽火台
巫蛊案至今未完结。整个帝国盛满夜色
如今的沙漠只剩下蜥蜴和马兰花
胡杨大面积黄了以后
外嫁的公主不为和亲
回纥肩头的猎鹰，敌人头骨中的金箔

这一切都是前溯，人不堪为传说

阔别三年后我来自成都

想当年我只有一嘴茸毛

满腔贫民。十多年后我也落地生根

儿子肯定是婚后的

人生不过清水洗白菜，碗中造日月

为此我绝口不提沙尘暴，不拿棉花堵伤口

天空如深井，人心何不朽？

熟稔之事我倒不想提及，只是在戈壁外围

砂砾若年华，也好似素手和风舌

巴丹吉林

可在河边拔柳
柳是红柳。弱水河鸿毛不浮
再向北乃西汉侯官府
回纥公主城。废墟当然是人的
额济纳是一个沿用至今的匈奴语名字
胡杨林每年十月大面积失火
形如黄金甲帐。世上最快活的事
是一个男人，一匹好马，一张长弓

好马即青春，想当年我于沙漠来去
空骑着空，疼在疼中。白土一起三千丈
惆怅十万行。箭镞叮当
红狐可幻化为女子。长枪刺穿的
不是落日，就是苍凉

好在我知道此地是沙漠
上古叫流沙，汉时居延海

骆驼肯定是格日乐家的。黄羊最自在
沙丘是世上最昂贵的乳房
喂养天空之神。有些年风咬阿拉善
吹在心上的，不止风尘

那一次我在戈壁滩上，三棵沙枣树下
一位老喇嘛。最博大的不是沙漠
是一个人五指戳地
灵魂射箭，在内心的疆场
来几场自我厮杀。尔后用一枚绿叶包扎伤口
再用一杯烈酒
看！多么悲怆的落日河头

旧　游

当然有后悔的事
沙尘最狂妄。那个在深夜逃跑的人
事实上你不知，骆驼很小的时候
马是它不具名的妹妹
苦和甜算近亲
常在月之戈壁叹息者
他收集刀锋的秘密，沙枣花的象征意蕴

十八年青春作伴
还乡其实也是放逐。当黑蚂蚁攻陷羔羊
年华就是时间的压寨夫人
最该宠幸的，三只白狐和它的气味
还有黄羊的蹄子
狼下颌，额吉的蓝头巾

这里不可能随心。欲望是对自身的轰炸
弹药就是黄沙，过度弯曲的良心

很多次我只身向内
瀚海博大啊，天空也沦为马贼
遇上河水何其侥幸
她婀娜，但也很疲惫

离开是肯定的。作为自然之一
接纳的背面是收容
人世太闹，没有谁甘愿以风为车
六月荒草掩盖的，多半惹人发笑
流云如丝绸。烈日不以己悲
在一个天深如无的地方最易招惹悲悯
苍生如此寂静
我也只好手扶夕阳，背手扬眉

燕　子

天空不是燕子最爱的
她只爱天地之间契合的那一部分
或者只是一条线。一个和泥修屋的人
锄头好像嘴巴
他和燕子是与生俱来的

因此燕子把家建在屋檐下
燕子飞，燕子不想突破一千米
那里是灵魂汇集的地方
爱却是接地的东西。人间烟火
才暖心，河流越细小，涛声越美

燕子亦深知肉身的重要
也通晓人类的秘密。雨后我看到乌云
燕子正在突破
有一些掠着乡村屋顶
一些低空飞行。燕子要剪下人类生活

完整或片断已不重要

燕子飞，下落，在巢穴中窥探黎明

她们相信时间不久

一定要抓紧。燕子唧唧叫着

燕子不想庙堂宫阙，只要一家人团团抱紧

沙漠纪事

在沙漠娶妻生子。这样说客观
又浪漫。烟火气十足
恰如一条河在途中遭遇果枝
花朵那时候单调，但与其他人无关

因此可以夜空抚月
摘星是梦里动作。沙尘暴晚起额济纳
整个西域都是它的
如我当初孤身，十多年就有了更多亲人
沙漠从不是荒芜之地
绿洲虽小，似可抬手放在额头

戈壁深如乌有之心。说出此话的时候
沙漠愈发纯粹。那一年和妻儿去居延海
边疆浩大，海子套牢天空
弱水河南岸似乎有一窟壁画
我们捉鱼，儿子在胡杨树下逗笑蚂蚱

人生美好不过二三。更多时候和岳父小酌
岳母炒菜。妻子有时候嫌我话多
男人一喝酒就张牙舞爪
还特别脆弱。眼泪说她喜欢知心话
手抓羊肉、拍黄瓜，所谓的幸福具体又不可言说

小　令

昨日如一张手，二次即可
一把青菜可以喂养的
心知就好。早晨算是人类一万种出发
生长是背地里的事
眉毛以下，天空怎那么多丝绸
如回到唐代。如一匹马衔月狂奔
一匹狼叫醒深夜
如今的河西走廊雨水忽然增多
空气有了粘人之力。最普通的鸡冠花
从侧面看，薰衣草根本不想逃跑

独坐黄河兰州段

这些都是兰州的
水是三泡台，烟亦然
白塑料、塑料瓶、瓜子皮
对面白塔山、招商银行
移动改变生活向下
有一座清真寺
我在对面。坐在黄河腰上
大面积的土腥味
拍栏杆。想起李白老儿那句名诗
感觉自己也可以做天
物为人用，再大的河也被人类挤满
河水泱泱啊
太多的事不必此刻看见
一个人无非一朵涟漪
一次端坐，就是一次觉悟和长叹

警报声偶尔响起

肯定有罪犯。我身下的铁船纹丝不动

却总觉得，心事在此滔滔了一万零一年

荔　枝

看起来鲜艳的，一定排斥心碎
荔枝是一群南方的马贼
在高而少雨之地盗取慈悲
于甘肃兰州
袭击黄河水。我吃到的是一家水果摊
摊主是一个不长胡子的男人

旁边坐在西瓜边上的
一定是他婆姨
偌大的城市比前七八年少了
七八吨灰尘。其实不必戕害舌头
辣椒很多的牛肉面
和荔枝遭遇，上半身花枝乱颤
下半身尤其可悲

因此身处中国之西北
不奢侈千骑一妃。家天下，皇帝是亡灵的亲人

半斤荔枝在手

我却不想剥皮啖肉

烈日健步如飞，接洽瓷实的乌云

回房间我才知道

所谓的荔枝子虚乌有

此前许多年我也在西北

想象有毒，现实张着疲惫之嘴

荔枝以其戴罪之身，在一场雨后验明正身

与杨献平对话："千万不要把写诗当个事儿"

/桫椤　杨献平

　　杨献平，河北沙河人，20世纪70年代生。在《天涯》《百花洲》《北京文学》《山花》《诗刊》《人民文学》《小说界》等刊发表诗歌、散文、小说、批评等近百万字。主要作品有长篇文本《梦想的边疆——隋唐五代时期的丝绸之路》《匈奴帝国》，散文集《沙漠之书》《生死故乡》《川藏秘境高处——西南记》《作为故乡的南太行》《丝路上的月光马蹄》等十多部。现居成都。中国作协会员。

　　桫椤，河北唐县人，1972年出生，在《当代作家评论》《光明日报》《文艺报》《南方文坛》《网络文学评论》等媒体发表大量文学评论文章，出版文学评论集《阅读的隐喻》。中国作协会员，河北省作协特约研究员，保定市作协副主席。

＊　＊　＊　＊　＊　＊　＊　＊　＊

桫椤：去年你的《生死故乡》影响甚广，"百度"一下能得到一千多个结果。你不要得意，今天先不谈散文，聊聊诗歌。记得之前跟你说过，我喜欢你的诗——尽管一个做理论的这样暴露个人好恶不太好，但我还是忍不住表达一下心情。其实，在我看来，诗才是你的"文学"，散文只是你的"职业"。你自己认为呢？

杨献平：《生死故乡》不是我最得意的一本散文集，但是"效果"最好的一本散文集。此前的《沙漠之书》也不错，尽管其中没有特别惊艳的作品。

对我个人来说，在文学这条路上，诗歌可能真的是我的主业和最强项，而且是无意之中得来或修来的。刚开始写东西时候写诗，而且很上心。写了几年之后再看，自己的诗歌不是其他诗人的对手。再者，觉得诗歌这东西是有些限制的。"体量小"导致的麻烦是，你必须回旋着去表达。尽管这是诗歌的强项。诗歌也是文学体裁中的"塔尖"建筑或者建构，但当下的诗歌，尤其是近十年来的诗歌，倘若细读下来，我相信每个有眼光的人都是失望的。

必须要说的是，鲁院几个月，我个人最大的收获，大抵是重新开始写诗。

我自己也认为我的诗歌要比散文好，批评要比小说强。散文我最用心，但效果可能最差；小说是刚开始写着玩。当然，诗歌也是玩。我认为，玩是文学出其不意、登峰造极的不二法门。这就像我相信文学天才就在我们中间一样。

梣椤：看似云淡风轻的背后，其实隐藏着无名的秘密。你我都是"70后"，我感觉这个代际的人都曾经是文学青年。你的文学梦是从诗歌开始的吗？假如不是，你是怎么想起来写诗？你还记得你发表的第一首或第一组诗吗？

杨献平：每个好作家都是诗人。贾平凹也写过诗。但我不是说贾平凹就是当今最好的中国作家。从本质上说，凡是从乡村走出来的当代中国作家，身上和骨子里都有点"贾平凹"。作家按出生年代划分是你们批评家为了言说方便而生造出来的一个"含糊的，不讲理的概念"。我本人不反对，但也不赞成。因为，批评和写作是两套话语系统。批评家和作家、诗人最好的状态是各干各的，各说各的。交叉时候就交叉了，不交叉那就相安无事。

我第一首诗歌发在《河北文学》，责编是王洪涛老师。一直想报答他，却没想到，他在2000年去世了。痛心。第一组诗歌是刘立云老师发在《解放军文艺》上。这两位诗人对我的鼓励巨大到无法形容的程度。

梣椤：好编辑的伯乐作用不言而喻。因为你没有诗集出版，我只能在网上找到你近几年的部分诗作，早期的诗是什么样子的？诗风与现在相比，有什么变化没有？

杨献平：除了90年代中期那三四年，把诗歌当回事之外，直到现在，我对诗歌丝毫不当回事。想写的时候就写，不想写就拉倒。没有使命感，也没有功利心。没有宏伟目标，也不想和谁比试高下。"华山论剑"、"美人谷论争"一类的事儿是浮在面上的几个半吊子诗人所热衷的。我就是写点诗。而且觉得，自己的诗歌完全可以秒杀现在于诗歌界混得人模人样、风生水起的百分之七十以上的所谓诗人。

我早期的诗歌抒情是必须的。看看90年代多数诗人的诗歌作品，就知道我的诗歌了。那时候耽于抒情和想象，当然也耽于美。对社会视而不见，对庙堂江湖也懒得搭理。就是自我的抒情，美好，铁血，纯正，有爱，略微疼几下，如此而已。现在的诗歌，从态度上是一种游戏的，不正经的，不装逼的多。记得2010年左右，我一个人刚到成都工作，没事写了几个诗歌。摇滚式的，有点嬉皮和江湖混子的感觉。有一次和朋友聊起，忽然想创立一个"摇滚诗派"。仔细想了想，还觉得真可以。可到现在，觉得搞流派没意思。诗就是诗。流派都是自我标榜的，充其量一个符号而已。真正的诗人，根本不需要什么流派和团体来"站台"和当"背景"。

2013年在鲁院，再写诗歌，也是想告诉其他人，诗对我来说，不在话下。我要写诗，也应当是一个好手甚至高手。只是我不把诗歌当成一个事儿，至少不是主业。诚如你所言，我的诗是可以自视甚高，自感牛逼的。只是我不愿意去争，懒得去争罢了。

说起来这三个阶段，变化是有的。90年代中期写诗是苦大仇深，掏心扒肺地当个事儿去干，干到一定程度之后，发现自己真的无力突围。尽管那时候有几位诗歌前辈对我的诗歌非常看好，但我还是毅然决然地转向了散文写作。现在回身去看，90年代中期的诗歌一般，有几首还行，大多数是可以称之为"标准垃圾"的。2010年写的诗歌，倒是有点意思。其中多了反抗意识，也更切身，尤其是时代中的个人经验的强度引入，是我90年代诗歌所没有的。再就是2013年在北京的诗歌。说实话，多年不写诗忽然再拿起，却发现自己修炼了几年的诗歌技艺丢失了。所幸，很快又找了回来，而且越来越像模像样，还与前几年所写的诗歌截然不同，无论语言还是技术，思想还是经验，都有新的拓展和进入，这是我没有想到的。

桫椤：你再次强调鲁院的学习，看来这段经历对你我都是重要的，让我更深地理解了文学，也让你我相识，更让你重新找回了诗歌。促使你的诗风产生变化的原因是什么呢？你觉得人生的阅历和文字的训练哪一个更主要呢？这个问题也可以算作你的经验总结，供后来者参考。

杨献平：就是当回事和不当回事的原因。当回事儿的话，你是诗歌的奴才，被它绑架和统治，当然不会有好的诗歌出来。不当回事，你就是诗歌的王。它是你的臣下和奴婢。这样说，估计很多人会骂我冒犯缪斯。且不管他们。人生的功课人人时时都在参详，作为写东西的人来说，苦难、疼痛、失败、爱着、宽恕、自由的不可能、生命在时间中的被摧毁感、灵魂也时刻被复杂的人心、人性凌迟和震撼着。人生是一门系统课程，文学也是，诗歌更是。生命本身就是诗。诗其实就是人与神的对话，是人与兽、善与恶的"接壤"那部分的植物和云霓，风雷和雨。

桫椤：很诗化的总结。最近杨克先生出版了《杨克的诗》，其实我也一直在说你应该出诗集。尽管诗人和诗人之间是不能比较的，但是我还是想说，杨克先生的诗我也很喜欢，所以我在跟一些诗人交流的时候，数次推荐"二杨"的诗。在我看来，他和你的诗有某种共通之处，就是离生活现场近，即所谓有"烟火气"，即所谓"及物"，他比你的"烟火气"还重。你曾经说"散文是离生活现场最近的文体"，你怎么看待诗和生活的关系？

杨献平：杨克先生的诗歌我也拜读过，好诗。这几年，他把《作品》杂志也办得很好。在这里向他致敬。你推荐我的诗歌，算是有眼光的行为吧。哈哈。尽管这话很多人不以为然，甚至会嘲笑我。不过，那些嘲笑我诗歌的人，再过十年二十年，他们会向我致敬。这话说得不着调，但可能是有的。

散文随笔我觉得就是写当下之事的一个文体。前事前人做了，做得比我们好。未来自有后来人去干。当代人就是要写当代，哪怕是临摹，照搬，仿写，也比趴在前人典籍和尸体上吸血要强上一万倍。说实话，我挺可怜那些围着历史"施法"的散文随笔写作者。他们以为找到了历史真相的大门，却不料，到头来还是一场空。所以，一时代有一时代之文学，你连自己亲身经历的事情，特别是个人在时代中的生存、生命、精神和思想经验都写不出来，去写隔了几十年、几百上千年的时代，那不是隔靴搔痒是什么？因此，对于真正的作家诗人来说，如何更好地书写"此时我在"这个命题，是一个巨大的考验。

桫椤：我赞同你的观点，对当下生活本质的把握确是有难度的。这也说明你的诗歌创作是重视生活经验的，对经验的重视或许保证了你的诗歌宽度，但也许更重要的是让你获得了上述的自信。的确，你在诗中能够"所见即所得"、"所想即所写"，你有驰骋纵横的野心，但是很多时候，你还是不想天马行空，你有更多的脚踏实地的写作。你也写自己的沉思，比如在北京的那一组，《失眠之书》《不被挪移的名牌》等，但它们显然也不是漫无边际的"妄想"。这是你的自主还是无意识？

杨献平：写作就是掠地飞行，有尘埃泥土，也有风声彩虹。现实生活和现场的经验是"触发器"，半人半神才是爆破点。文学写作，不就是从大地上来，到精神里去吗？没有哪一种文学凭空臆想构成，虚构也必须建立在现实的经验之上。因为，现实之中某个"场景"和"细节"就是一个导火索，就是空中武器"点火系统"，写作本身就是"精确制导"的过程，尽管谁也难以精确地"命中目标"，但每个写作者都会朝着这个目标费尽周折且不遗余力。

桫椤：记得鲁院毕业前，你和高鹏程发起"离别赋"的同题写作。你的作品中有两句我记得特别清楚："来到以后，你像钻石，在靠近心脏的骨头／一手捧着玫瑰，一手把持小刀"。就像黑泽明说的，"没有比一部电影更能说明导演的了"，看上去生活中的你那种放达、豪迈，其实在你的诗面前完全可以判定是虚张声势的"伪装"，这是一种矛盾吗？你自己怎样解释？

杨献平：鲁院是一个有意思的地方，对我来说，人到中年，再恬不知耻地"任性"几个月，也是人生之幸事。我和鹏程是一对好搭档，在鲁院有"基友"之名。但落实到诗歌上，我觉得我们那一届有几个很好的诗人，除了他们诗歌组的，还有苏瓷瓷、孙学军等写小说的。发起那样的一个活动，其实是想大家都写写诗。写诗我觉得对任何文学创作都是有益的。伟大的作品本身就是诗。你可以没有诗意但不要没有诗性。

具体到我个人，我是非常矛盾的一个人，也是一个多面体。我玩是玩，沉默就是沉默。有时候各种情绪和表现转换还非常快。这一点，我自己知道，但没法克制和预料。我唯一的优点就是很真诚地对待某个人某件事，但是我发现某个人某件事有点让人"不爽"就会起戒心，而且这个"戒心"会持续很久。这不是记仇。我还觉得，人的品性好坏，是与生俱来的。我也觉得，搞文章的人，都应当是放达的通透的，他对世事人心有着精密的观察，也有着天性的敏感与近乎科学的分析。

文学就是探究复杂的人心人性的，作为作者，本身也是很复杂的。唯其自己复杂，才会与这个复杂的时代和人性人心相衔接。

桫椤：透过你的诗，我知道你的真。你有一首写父亲病故的作品《失去父亲的夜晚》，或许是相同的经历引起我和这首诗的共鸣。从诗歌到散文，你的"南太行"叙事不脱对亲人、对乡邻、对故乡的怀念。你长期的军旅生活使你远离故乡，"乡愁"一直是支撑你写作的动力吗？

杨献平：我还有一首《父亲》，比较长，也口水，纯叙述。

我觉得那个更好。将一个农民的命运与他所经历的时代链接起来，目的是让人看到时代这架重型机器在具体的人，尤其是一个农民身上碾压的痕迹。此外，我还写了一首《给儿子的诗》，一百多行。也写到了时代对一个孩子成长的影响。就我个人而言，我不认为一个作家可以真正地胸怀天地，即使他有囊括寰宇的境界，但在实际的写作当中，他也只能专注于具体人群和具体人来完成。

乡愁其实是一个很空茫的词语。乡，其实就是生身之地；故乡，就是一个人在人世间首次扎根的地方。很多时候，我们对故乡的依赖，不是地域在起作用，而是亲人。尤其是在这使人越来越孤单的当下时代。很多人对世界失去了信任，进而对周遭也没有了依赖。每个人都必须为自己找一个安妥之地，不管是精神的还是情感的。因此，故乡便成为了我们的不二之选。当然，故乡也是我们根脉所在。任何人一生都必然与之发生关联。

桫椤：你基于故乡建构起的"南太行"文学地理学辽阔而深切，其背后的图景中深含对传统的回望和敬畏。你的很多诗作都在探究传统与当下生活的关系，以及你基于这种关系之上的生命感受，《回乡》《悲歌》《关于母亲的饥饿记忆》《在故乡的城市给你写诗》，从中我甚至看到古代士子的伦理道德，即所谓"士必以诗书为性命，人须从孝悌立根本"，诗书孝悌，你觉得你当下的生活有否受此影响？

杨献平："南太行"更多的是一个文学的地理，完全是我杜撰出来的。它的实际疆域即太行山东部，即山西左权、潞城、和顺及河南林州、浚县、安阳，河北沙河、武安、邢台等地。这一带虽然不属于同一个省份，但他们风习是非常相似的。尽管武安、山西等地的方言与河北河南其他地方相差甚远。

每个人都是传统的产物，只不过，20世纪80年代以后出生的人文化"混血"的成分更大，时代赋予他们的特征也更显著一些罢了。像你我这样的人，本质上只能算是农民知识分子。再本质，其实还是农民，只不过读了点书，稍微开明和通达一些而已。

每次回乡，我都感到悲伤。这个悲伤一方面来自于亲人的逐渐稀少乃至迅速老去，一方面来自乡村传统文明日渐崩溃和被篡改。稍微考察一下，其实乡村才是我们民族乃至中国文化的根脉，在急速变革和转型的年代，乡村也在调整自己，只不过混乱一些、盲目一些罢了。其"此时的状态"与城市的本质相同。

我们强调平等，自由，民主，其实一个字，还是爱。大爱是由小爱组成的。我不相信一个天天说胸怀天下的人只泛泛地去爱国家和世界。爱，是要从具体人入手的，是要在具体行为和人事上体现的。

而孝义也是爱的一种表现。读书人，必然是明理的，写作者，也必然是有情义的。

当下的现实生活已经对我们每一个人都形成了强大的裹挟力量，谁也无法逃避。作为写作者，写当代，写"此时我在"的现实生活与精神困境，我觉得是一个使命，也是一种能力。

柣椤：没错！我一直认为我就是一个农民。随着年龄的增长，我的返乡愿望也越来越强烈。从农门到校门再到机关门，我觉得自己就是另一个陈奂生，只不过面对新生活麻木了自己。你与我不同，你是一名军人，而且长期在大西北服役。除了故乡，西部独有的自然风物和人文地理也成为你笔下常见的书写。在你的作品中，"西部"与"南太行"构成了你生命中的两翼，成都或许是一个"中心点"。你关于西部的诗歌我称之为"新边塞诗"。你怎样把握个人与土地、与人文传统和与自然之物的关系？

杨献平：关于西北，我起初是排斥的；但待了多年之后，俨然觉得西北也不错。在中国，凡是边疆之地，其混血成分越大，文化和文明相对内地更为斑斓多彩。我前些年所在的巴丹吉林沙漠、河西走廊和阿拉善高原就是。它虽然是沙漠戈壁，天如深井，地如瀚海，风沙连绵且摧枯拉朽，但夏天的沙漠是很美的，秋天也是。每一块地域都是神奇的，对人的笼罩和影响深重而真切。多年之后，我发现，西北那地方其实和我个人的秉性很吻合，放达、渴望自由、真诚、不妥协、胸襟要大等，当然，我也希望安定和稳定。这一切，西北都给予了我，而且还给予我爱情和家庭。

南太行乡村作为出生地，就是生命的胞衣，灵魂的暖床。那里则是山峰林立，四季分明，裸露的岩石和草木一样多，也一样的坚硬和葳蕤。对于我来说，无论我去乡多远，南太行乡村都是我的烙印和归宿。

成都这个地方，我有点喜欢，主要是它的生活方式。慢生活。这只是成都给人的一个显著特点。但实际上，成都的生活压力一点都不比北京小。成都的消费我估计可以排在广州之后。这个城市很复杂，一方面向往安逸，随遇而安，一方面又尽显奢侈。这可能也是大时代背景下的一种城市通病。

对于具体的地域，每个人都只有适应的权利，无法篡改。地域可以影响到一个人的品性，但一个人之力绝对无法撼动一个地域的传统。这就是地域文化及其人文传统。关于西南地区的自然环境，夏季时候和我老家南太行有相同之处。这是我夏季回老家时候忽然发现的，空气湿润，草木竞发，夜雨阑珊，清风轻扬。使得我时常有一种恍然此地彼地的感觉。但在成都几年之后，我发现我自己还是有些改变，具体怎么变了，变得如何了，我自己都难以表述。

杪椤：剖析一下你的诗观，在你看来，诗歌的本质是什么？你又如何实践这个本质？

杨献平：诗无达诂！我觉得，诗歌就是你对这个世界的细微感知，对你所在时代的现实与精神的多种考察；是一个人生活经验和时代经验的并行与融合；是一个人被时代生活碰伤之后的号叫，也是一个人在温暖中的呻吟，悲哀之中的自我疗救。如此等等。在我看来，凡事皆可入诗，只要有所触动，与人与自然与生活与精神和灵魂相关，都可以作为诗歌写出来。

诗歌绝不是到语言为止。韩东的那句话误导了很多人。我读一些人的诗歌，基本上就是词语的起承转合，一种情绪的排放，还有一种现象和语言的堆砌。我很奇怪，这样的诗还是诗，这样的诗人还被众人簇拥。诗歌这个体裁，真是妓女，还是贵妇；是奴婢，也是王者。每个人对诗歌的理解都不同，但诗歌应当有一个基本的道，那就是：时代中的个人经验诗化表达，时代经验的个人性体现。

关键在于：有没有气象和境界。

我是这样想的，我也这样做。但效果如何，自己不得而知。

桫椤：当然，"诗到语言为止"这个口号一样的说法，当时新鲜，隔了时空现在来看，他当初有点"标题党"的意思，只不过那时没有这个词。一般情况我不太爱附和你的说法，但这个我还是认同的。所以跟你对话我曾经有所顾虑，因为怕打起来。记得在鲁院上学，你我始终对各种文学之外的问题有分歧。我觉得你是个不老的"愤青"，这是否表示了你对生活的敏感呢？这种敏感度是不是你诗歌创作的"有力武器"？

杨献平：你我不会打架。其实我蛮喜欢你的性格。能拒绝喝酒的人，一定是个评论家。酒是属于诗人的。小说家太阴沉。诗人的敏感更强于小说家。敏感，就是神经质。我这方面的问题较大，往往会从一句话、一个字、一个细节和行为之间，发现一些自以为是的倾向和变化。我知道这对于写诗是很好的，但在做批评的时候，写散文和小说的时候，却又显得轻忽与不成熟。

如果我还是那么敏感，那么，我就还可以写诗。

如果我不敏感，木讷了，麻木了，那我只能向你学习。

桫椤：离开你的诗歌作品，回到诗歌现场。当下的诗坛一直充满传奇性，像世界上的某些地区，热点不断。最近有一个热点是关于余秀华，你怎样评价余秀华的诗？同时，你能不能评价一下当下的大陆诗歌创作？为什么我要单提出大陆，因为我觉得港台文学有与我们不一样的生态，你还是谈眼前的事。——请注意，是创作，不是诗坛现象。

杨献平：诗歌必须制造热点才能引起群体性狂欢和效仿。诗人是不甘寂寞的。另一个，中国本就是一个诗歌国度。在所有文学体裁当中，诗是吃水最深的。当下的诗歌，我觉得有五个现象，一个是以叙述为能事，类似散文诗的微缩版。所不同的是，大多数散文诗是抖小机灵，这些叙述性的诗歌，搞大机灵。拥簇者多，获奖也无数。另一个是口水诗。也有一大群的效仿者和崇拜者。口水诗好不好？好，好在口语和口水诗解决了诗歌的一部分难度，写作和阅读层面的都有。以沈浩波的诗歌为例，我还是觉得他以前的下半身诗歌更好，现在的诗歌，虽然"正经"了也深刻了，切身及物了，但过于直白，已经算不得诗了。再一个，就是政治意见或者意识形态过重的诗。反抗、传播和启蒙都是对的，无可厚非，但要把诗歌做成纯粹的口号和理念阐发，我觉得就过了。第四个是按照80年代以来的诗歌路数走。这些诗人不能说不够优秀，但是自我变革和调整的能力显然不足。第五个是说家常话、堆砌语言、端架子，其实空空如也，识见、思想、技术、语言等能力长时间上不去，不开窍的那一类。

余秀华的诗歌，我认为是极好的，她的诗歌一出现，就秒杀了百分之九十以上的诗人，尤其是女诗人。我曾经说过，余秀华的诗歌有着"瓦蓝色的歌唱、疼到灵魂的轻度与切入生命的真切与嘹亮"。我还觉得，对于上述的一些诗人来说，余秀华的诗歌再次证实了诗歌的抒情本质，特别是情感的浓度、生活和精神的宽度，还有诗歌与诗人、与生活的那种天然关系。这方面，关于余秀华及其诗歌文章，评论家张莉有一篇文章甚好。好像是发在《文汇报》上的。我觉得比较到位，也公正、切实。

杪椤：网络时代，或者叫作"自媒体时代"，诗歌面临与过去完全不一样的发表、传播方式。有人说网络成就了诗歌，也有人说网络毁了诗歌，你的意见呢？

杨献平：好诗人都是自毁的。好的诗歌也是自毁的。网络和纸媒，其实都没什么关系。我倒觉得，很多时候，网络这个平台起码是对纸媒的一个补充，甚至校正。是的，因为版面所限，纸媒忽略和错过的好诗太多了。再者说，相当一部分纸媒诗歌编辑，有时候充当了刽子手的角色。好诗出头是一个艰难过程。历来如此。

杪椤：你在朋友圈里推荐俄裔美国诗人、散文家布罗斯基的《小于一》，你也晒出你的大量藏书。所谓"读书人"，就是"藏书、读书、写书"，你做到了，名副其实。你的阅读更倾向于哪类书籍呢？

杨献平：布罗茨基的《小于一》十多年前就在传，很多人读。这个不是新鲜的。我买书多，以前读得多，现在则少。我觉得买书是一个习惯，也是一个毛病，其实有相当一部分书注定买回来是不看的，但还是要买。

我读书的兴趣多与思想学术类有关，文学作品占得比例极少。我愿意看一些地方志，一些田野笔记、调查研究一类的作品。当代中国文学，其实有很多不错的。但失望的居多。这里面的原因，其实很有意思。以后有人再写文学史，估计会从其中淘出很多文学之外的东西。是的，这个时代的文学相当一部分属于文学之外的。

时间会证实我说的这一点。

桫椤：阅读在你的生活中占有怎样的位置？你怎样看待阅读与人生的关系？你的阅读动力来自于哪里，或者说你为什么要阅读呢？

杨献平：很多时候，我拿一本书在手里，觉得充实；坐在书架前面，我觉得有很多的目击和敦促。阅读对于一个人来说，是生命的一部分，也是灵魂所需。任何人的作品，一旦成为书籍，流通开来的话，那就是他们的灵魂。无论健在还是逝去的作家诗人。

桫椤：在你的经验里，阅读和写作的关系是什么呢？你怎样处理大量阅读与保持自我的关系？

杨献平：我很多时候读书不求甚解，满足于读过。好书太多，一个人不可能一网打尽。读自己喜欢读的书，才是正道。我庆幸的是，我读书，但从不模仿，我读书，绝不跟着跑，我有我自己的判断和写作要求。即，不要跟随大流去博取一时名利，尽量沉下心来，做自己偏门左道的事。因为，写作者太多了，要想与人形成区别，难啊！但不管如何，独立于众，哪怕小一点儿，也都是属于自己的。

梣椤：网络时代的碎片化阅读，对你的阅读影响大吗？你平常用手机看文章吗？你觉得对手机阅读你有没有上瘾？

杨献平：我这个人自律性还可以，手机常用，碎片化阅读也是跟风。但用一段时间，就觉得索然无味了。这说明，我这个人还是朝三暮四的人。微博、微信之类的工具，都是一阵风，一阵风之后，还会有新的类似工具出现。之所以跟风，是因为，不能落伍于时代。你要感知时代，就必须要在各方面与之同步，尽管你做不了更好，但你一定要敏锐，善于发现和领悟。

梣椤：除了诗歌之外，你能否推荐几部你喜欢的书？假如让你给高中生或大学低年级的学生推荐你喜欢的书，是哪几部呢？当然也包括诗歌。

杨献平：我觉得，长篇小说还是那些经典，如《悲惨世界》《巴黎圣母院》《战争与和平》《静静的顿河》，马尔克斯的《百年孤独》《迷宫中的将军》，纳博科夫的《洛丽塔》等。中国本土的还是五四时期的那一批。当然还有四大名著和《金瓶梅》，以及后来的《白鹿原》。散文的话，还是鲁迅、沈从文、伍尔夫、孙犁、汪曾祺、阿尔贝·加缪他们那些人的。诗歌有博尔赫斯、艾略特等西方诗人的，国内的还是20世纪80年代出现的那一批诗人作品。不过，我还是喜欢像苏珊·桑塔格，蕾切尔·卡森、哈耶克、本雅明、西蒙·波伏娃等人的作品。

桫椤：前几天在《文学报》上看到"在场主义"散文奖的复评结果，你的大名赫然在列，祝贺你。虽然你也不大看中什么奖项，但大家都知道你是散文家，所以咱俩对话，散文必谈。去年的《生死故乡》之后，你最近有什么大的创作计划没有？

杨献平：我比较安心的是，获奖都没有活动过；自然而然，听"人"由命。没玩过花招。再说，目前的文学奖，货真价实的没几个。稍微公正一点就算是"万幸"了。对我个人来说，这个年龄，早应当看淡了，一个人不可能万事通达，好事都暴雨一样落在自己头上。做一个微笑的旁观者或者干脆面对青山，不干其他，也未尝不是好事。"在场主义"散文奖我觉得也是在为散文做事，很难得。不管最终能否获得。

但对真心为文学做事的人，我觉得他们很有心。这就够了。关于南太行乡村，算上《生死故乡》，一共四本。这四本基本上耗尽了我对南太行的积累和经验。再写，就得再回去待一段时间了。所幸的是，这一系列有望在2015年内出版。今后的想法主要有三个，一个是写一部长篇小说，想了很多年，还是不够成熟。再一个是会继续写南太行乡村，尤其是近些年来的变化；尤其是时代背景下的北方乡村文化变迁和经济、信仰等方面的。第三个诗歌会断续写一些。但要考虑路子。是的，要变。写成顺溜子，就没什么意思了。